LES
COUDÉES
FRANCHES.

SECONDE PARTIE.

A PARIS,

Chez PIERRE PRAULT, à l'entrée du
Quay de Gefvres, du côté du pont aux
changes, au Paradis.

M. DCCXII.

Avec Privilege & Approbation.

LES
COUDÉES
FRANCHES.

SECONDE PARTIE.

PAROLES inutiles, superflu, bon à rien, à moins qu'on ne veüille faire un livre, pour vendre au poids, au demy Loüis la feüille, ainſi qu'on dit que les Ouvrages d'eſprit ſe trafiquent chez les beuveurs de biere & les mangeurs de fromage ; on l'a dit du moins ainſi des cris d'un mouton qui n'étoit aſſûrément pas bête. Cela étant, Copiſte à mes gages, mettez-moy tout

A ij

du long cette grande hiſtoire Lati-
ne, cet ample paſſage Grec, laiſſez
du vuide conſiderablement, afin que
je place enſuite la Traduction du
Latin & du Grec, en François. Si
par hazard, vous en trouvez en Allemand, en Flamand, en Anglois,
ajoûtez tout cela ; il y aura quinze
ſols pour vous par feüille, & pour
moi, quatre livres quinze ſols ; car
on ne ſe regle point ſur l'augmen-
tation, ni la diminution des eſpeces ;
c'eſt un prix fait. En allongeant bien
la courroye, nous ferons à nôtre
aiſe des volumes *in folio* tant que
nous voudrons. Quel profit ! quel
gain ! le bon métier ! je ſaupoudrai
tout cela de ſel ; un peu de fiel mêlé avec, fera trouver la ſauce ſi
bonne, qu'on s'en léchera les doigts,
& les envieux n'auront qu'à s'en lé-
cher les barbes... M. l'ours, ſi vous
léchiez vôtre ouvrage, n'en ſeroit-il
pas meilleur ?.. en donneroit-on plus
d'argent ? léché, ou non, il n'en re-
viendra que demi-Loüis par feüil-

le ; & ainsi , faisons seulement beaucoup ; & accrochons-nous à tout ce qui se presentera , pour beaucoup faire. Par exemple , à propos de feüilles, cherchons tout ce qu'on en peut dire , & à la faveur du, *faciam te benè venire* , mettons en œuvre nos recherches. Nous pouvons dire, qu'il y a dans les Indes Orientales , un arbre , dont les feüilles sont semblables à celles d'un meurier , qu'elles ont deux petits pieds de chaque côté , & qu'étant tombées, elles marchent en se promenant aussitôt qu'on les *a* touche ; qu'elles ont des yeux , & qu'on les croit animées ; faire ensuite une Dissertation, vaille que vaille , sur les proprietez d'une vie si extraordinairement vegetante ; traiter , par occasion , des meuriers , & , par concomitance, des vers à soye. Nous pouvons dire , qu'à

REMARQUES.

a Pigafetta. m. l. v. 10. 403.
b Journal des Sçavans. Hol. t. 5. p. 10.

la Chine, des feüilles tombant dans un lac, fe changent en oifeaux [a]; ce feul fujet peut fournir de quoi gagner deux Loüis. Nous pouvons dire, que l'arbre Tallipotades a les feüilles fi grandes, qu'une feule peut mettre vingt hommes à couvert [b]; qui nous empêchera d'invectiver alors amplement contre les immenfes dépenfes qu'on fait en bâtimens, & de faire des enfilades de difcours auffi longues, que celles de l'Architecture? Nous pouvons dire, que les feüilles du Keftule font auffi dures qu'une planche de bois, & que leurs filamens font auffi forts, que nôtre fil d'archal [c]; & là-deffus difcourir fur toutes fortes de bois, & apprendre, (mais avec amplification, à ceux qui ne le fçavent pas, fuppofant, & cela afin d'allonger, qu'il y a

REMARQUES.

[a] Id. t. 1. p. 602. Thevenot.
[b] Journal des Sçavans. t. 11. p. 4.
[c] Journal des Sçavans. t. 11. p. 5.

bien des gens qui l'ignorent ;) apprendre, dis-je, que le fil d'archal est
un fil de letton, passé par la filiere, &
ne pas manquer de railler en même temps ceux qui l'appellent fil de
Richard. Nous pouvons dire, que
dans une forêt, les feüilles des arbres étant agitées par le vent, rendent un son semblable au chant
des oiseaux ; exagerer la jalousie
de ceux-ci contre elles, employer
toutes les figures de l'éloquence,
pour exprimer cette melodie. Nous
pouvons parler des feüilles de fer
blanc, des feüilles d'étain, des feüilles d'or, des feüilles des ministres,
de la feüille du confesseur, des feüilles des paravents, des feüillées, des
feüillages, des feüillettes, des che-
vre-feüilles, des porte-feüilles, même des Feüillans & des Feüillanti-
nes ; réduire tout cela à un point
de vüe, autant qu'on peut. Enfin,

REMARQUES.

a Clement Alexandrien. Strom. l. 3. Jours Canic.

courir le hazard de faire un coq-à-
l'âne, plutôt que de ne pas faire un
gros livre.

¶ Vous venez, dites-vous, de com-
poſer l'éloge de **? Qui eſt-ce qui
le blâme? Pourquoi vous amuſer à
nous venir dire ce que nous ſçavons
mieux que vous? M'en retournerai-
je les mains vuides? Non, puiſqu'-
elles tiennent cet éloge; peuvent-
elles tenir rien de meilleur?.. Oh!
que les Sçavans ſont mál récompen-
ſez! dites plutôt, ah! qu'ils s'amuſent à de choſes inutiles!

* Un âne chargé d'or ne laiſſe
pas de braire. ... Voila bien de quoi
s'étonner! eſt-ce que l'or époulmo-
ne? Y a-t-il gens qui parlent plus
haut, que les Richards? Richard,
ſans peur, ne craint rien. Il parle
imperieuſement, à tort & à travers; n'importe. Pour vous, don-
nez-vous bien de garde de l'inter-
rompre; il a plus de cent mille livres de rente; avec cela, il pourra
récompenſer ceux qui l'approuve-

ront, & punir ceux qui ne voudront pas l'écouter ; ſes adulateurs
le ſçavent bien ; laiſſez le donc braire.

Parlons , ſpectacles , eſt - ce
pour ? eſt-ce contre ? point de *po r ;*
ce *pour*-là ſeroit trop difficile à ſoutenir ; il faudroit alors ſe donner ter-
riblement *les Coudées Franches* : &
gare la correction, la critique, la
réprimende , la cenſure. Hé bien ,
eſt-ce contre ? Si c'eſt contre, cela
te ſera tres-facile ; tu trouveras du
ſecours plus qu'il ne t'en faudra ; il
ne te ſera pas neceſſaire d'y mettre
beaucoup du tien ; toute la beſogne
eſt déja faite. Il y a une infinité
d'anciens & de modernes qui te
fourniront de quoi faire pluſieurs
volumes, ſi tu as envie de te beaucoup étendre. Voila certes une belle
offre ! Je l'accepte en partie ; car je
ne veux pas aller trop loin. Voyons
donc cette beſogne. M'y voicy.

L'un * te dira : rien n'eſt «

REMARQUES.

a Seneque, Lettre 7. n. 2.

» plus dangereux pour les bonnes
» mœurs, que les Theatres : car
» alors les vices entrent & coulent
» par la porte qu'on a ouverte à la
» volupté; pour moi, j'en reviens
» plus avare, plus ambitieux & plus
» diffolu. L'autre affure [a], qu'on apprend à faire un adultere, en le
voyant reprefenter ; celuy-cy [b] re-
montre, qu'en reprefentant des a-
mours imaginaires, on en infpire
des réels & des veritables. Celuy-
là ajoûte, que dans ces fpectacles,
la corruption paroît avec d'autant
plus de danger, qu'elle fe fait des
paffages agreables par les yeux &
par les oreilles, pour arriver jufqu'au cœur. Dans les fpectacles, les
portraits deviennent fouvent des
modeles. La Comedie en peignant
les paffions d'autruy, émut nôtre a-

Remarques.

a Saint Cyprien.
b E c m h fl o amorem dum fingit, infligit.
Minutiu. felix.

me de telle maniere , qu'elle fait
naître les nôtres , les polit , les é-
chauffe , leur infpire de la délicateffe , les réveille quand elles font
affoupies , & les rallume , quand elles font éteintes. *a* Si nous n'approu-
vions pas les crimes , il n'y auroit
jamais de Comedie , difoit l'Orateur
Romain ; *b* à force de voir , on fe
donne la licence d'imiter , *c* difoit
un autre. Que cecy fe trouve fouvent vray ! *ivit pudica , rediit adulte-
ra.* *d* Ovide , homme tres-habile à
donner des confeils fur l'amour , &
qui en faifoit profeffion , ordonnoit
fur tout , aux amans , aux coureurs
de femmes , de frequenter les Theatres , comme des lieux propres à fai-

REMARQUES.

a Le Prince de Conty. M. Voifin. p. 437.
b Comœdia , fi flagitia non probaremus , nul'a
offet omninò. Ciceron. Tufc.
c Ne talia fpectandi confuetu!o , etiam imitan-
di licentiam fumeret. Val. Max.
d Saint Cyprien.

re une favorable chasse. ᵃ Voulez-
vous d'autres autoritez ? volontiers.
en voicy.

> Bien-tôt l'amour fertile en tendres sentimens,
> S'empara du Theatre ainsi que des Romans.
> De cette passion la sensible peinture
> Est, pour aller au cœur, la route la plus sûre.

On doit appeller le Theâtre une
École; parce que les Comedies apprennent admirablement bien le lan-
gage des passions, c'est-à-dire, l'art

REMARQUES.

ᵃ *Sed tu præcipuè curvis venare Theatris.*
 Hæc loca sunt voto fertiliora tuo.
Illic invenies quod ames, quod ludere possis,
 Quodque semel tangas, quodque tenere velis...
Spectatum veniunt, veniunt spectentur ut ipsæ.
 Ille locus casti damna pudoris habet. De art. l. 1.
C'est-à-dire,
> Mais de tous les lieux favorables
> A la poursuite des plaisirs,
> Les spectacles sont plus capables
> De satisfaire tes desirs.
> Là ton cœur badin & folâtre,
> Trouvera ce qu'il idolâtre,
> Où les femmes avec ardeur,
> Vont pour voir & pour être vûës,
> Où les rencontres assiduës
> Sont les écüeils de la pudeur.

M. Maultrot.

de les exprimer & de les faire paroître d'une maniere agreable & ingenieuse ; ce qui n'est pas un petit
mal : car plusieurs étouffent de
mauvais desseins, parce qu'ils manquent d'adresse pour s'en ouvrir.

Par toi-même bien-tôt conduite à l'Opera,
De quel air penses-tu que ta Sainte verra
D'un spectacle enchanteur la pompe harmonieuse,
Ces danses, ces heros à voix luxurieuse,
Entendra ces discours sur l'amour seul roulans,
Ces doucereux Renauds, ces insensez Rolands ?
Sçaura d'eux, qu'à l'amour, comme au Dieu su-
    prême,
On doit immoler tout, jusqu'à la vertu même,
Qu'on ne sçauroit trop-tôt se laisser enflammer,
Qu'on n'a reçu du ciel un cœur que pour aimer,
Et tous ces lieux communs de morale lubrique,
Que Lully réchauffa des sons de sa Musique ?
Mais de quels mouvemens dans son cœur excitez,
Sentira-t-elle alors tous ses sens agitez ? *a*

Pour justifier la Comedie, on
dit que le vice y est repris, &
que la vertu y est loüée; mais on ré-
pond, *b* que

Le remede y plaît moins, que ne fait le poison.

REMARQUES.

a M. Despreaux.
b M. le Prince de Conty.

En

Quel nom donneriez-vous à des ouvrages, dans lesquels on voit des filles qui se piquent de séverité & de vertu, écouter des déclarations de leurs Amans, être extrêmement contentes d'en être aimées, recevoir sécretement leurs lettres & leurs visites, & leur donner des rendez-vous? appellerez-vous ces ouvrages des ouvrages honnêtes, des ouvrages d'instruction? Y a-t-il aucun mari qui voulût que sa femme, ou aucun pere qui voulût que sa fille fût honnête comme Chimene, & comme la plûpart des vertueuses Princesses du Theâtre?

Aux loix de son devoir une beauté fidelle,
En stile musical s'appelle une cruelle.

Mademoiselle L. M. D. m'a dit, qu'étant un jour allée à l'Opera d'Atys, le soir faisant sa priere à genoux avec la meilleure intention du monde, elle fut continuellement distraite par le ressouvenir de ces Vers qu'elle y avoit entendu chanter.

> Que l'on chante,
> Que l'on danse ;
> Rions donc, lorsqu'il le faut,
> Ce n'est jamais trop-tôt
> Que le plaisir commence.
> On trouve bien-tôt la fin
> Des jours de réjoüissance ;
> L'on a beau chasser le chagrin,
> Il revient plutôt qu'on ne pense.
> O, douce vie,
> Digne d'envie !
> Tendres amours, enchantez-nous toûjou.. ;
> O jours heureux ! que l'on vous trouve courts !

Qu'on ôte le cirque, dit Ovide ; « car la licence est si grande, que l'honneur des filles n'y est pas en sûreté, étant assises auprés des hommes qui leur sont inconnus.

Et Properce, en parlant des spectacles, assûre que c'est-là qu'on trouvera des jeux pour se corrompre.

Les Theâtres, selon Julien l'A-

REMARQUES.

a *Tollatur circus, nam tuta licentia non est.*
Hic sedet ignotis juncta puella viris. Trist. l. 2.
b *Illic te multi poterunt corrumpere ludi.* Eleg. l. 2.

postat, a sont des ouvrages d'impureté, & les plus honteuses occupations de la vie ; & selon Tertullien ; b que tout ce qu'ont les spectacles soit genereux, honnête, harmonieux, charmant & subtil, regardez tout cela comme un breuvage de miel dans une coupe empoisonnée. Les affections communes ne sont pas propres pour donner du plaisir dans la Comedie. Il n'y auroit rien de plus froid, qu'un mariage Chrétien, dégagé de passion de part & d'autre. Il faut toûjours qu'il y ait du transport, Il faut que la jalousie y entre, que la volonté des parens se trouve contraire, & qu'on se serve d'intrigues, pour la faire réüssir ; ainsi l'on montre à celles qui sont possedées de la même passion, le moyen de se servir des mêmes adresses pour arriver à la même fin. Disons encore que...

REMARQUES.

a *Theatra turpissima opera, & faciissima cita muni. Misopog.*

b *De spect.* ch. 27.

En voila aſſez. Et ainſi , comme vous venez de me rapporter
pluſieurs citations fort vives contre
les ſpectacles, je me trouve diſpenſé
de les traiter ſerieuſement ; vôtre
ſerieux ſuffira ; prenons un autre
tour, pour en parler ; là... un de
ces tours qui amuſent, & qu'on ne
s'ennuye pas facilement de voir
joüer ; tournons pour cela au tour
du Theâtre, de l'Amphitheâtre, des
Loges & du Parterre ; afin de con-
ſiderer ce qui s'y paſſe ; aprés cela
vous ferez tels raiſonnemens que
vous voudrez ſur nos découvertes.
Rodons d'abord ſur le Theâtre...
la piece va commencer ; voicy un
ſpectateur qui s'entretient avec le
moucheur de chandelles (celuy-cy
peut paſſer pour le premier Acteur.)
Ecoutons.

    * *Le ſpectateur.* Tu te fais bien at-
tendre, mon ami !

    Le moucheur. C'eſt plutôt vous
autres Meſſieurs qui nous faites bien
attendre. Vous vous amuſez ſur la

porte , pour regarder les femmes
sous le nez ; que ne faites-vous promp-
tement une assemblée bien nom-
breuse ? vous n'attendriez pas si long-
temps.

Le spectateur. Il y a plus de deux
cens personnes qui sont icy depuis
une heure.

Le moucheur. Et depuis une demie
heure, que vous vous impatientez ,
il y en a plus de cent qui sont
entrez. Si l'on avoit commencé aussi-
tôt que vôtre impatience vous a
pris, ces cent voyant la piece commencée , seroient sorties, pour aller
reprendre leur argent ; & ainsi , le
jeu ne vaudroit pas la chandelle.

Le spectateur. C'est donc toy apparemment qui te charges d'aller
donner cet avis à tes Maîtres?

Le moucheur. Oh ! je n'ay que faire de prendre ce soin , ils le prennent bien eux-mêmes ; il y en a toûjours quelques-uns qui se détachent,
même à demy-habillez, pour venir
par quelque petite ouverture de la

toile, faite par eux ou par le temps ;
viſiter des yeux toute la ſale, depuis en
haut juſqu'en bas dans tous les coins
& recoins ; & ils s'en retournent,
gays ou triſtes, ſelon le nombre
d'aſſiſtans, qui leur a paru.

Le ſpeſtateur. Et toy, que fais-tu
cependant ?

Le moucheur. J'attends la déciſion
de leur joye ou de leur triſteſſe ;
pour partir, ou pour reſter.

Le ſpeſtateur. Mais il me ſemble
qu'il y a un des Acteurs qui t'a dit
il y a plus d'un quart d'heure, de
venir moucher, ſans que tu en ayes
rien fait.

Le moucheur. J'allois obeïr ; mais
Mademoiſelle *Niaine*, qui doit paroître des premieres, m'a retenu en
chemin ; je luy ay obeï ; parce qu'-
elle eſt terrible dans la troupe.

Le ſpeſtateur. Voyez la maſque !
qui oſe ainſi retarder le divertiſſe-
ment public ! quel profit luy en re-
vient-il ? peut-être pour un ſou qui
augmente ſa part depuis l'ordre

qu'on t'a donné, fait-elle du chagrin à plus de trois cens honnêtes gens.

Le moucheur. Oh ! un fou eſt toûjours fou ; c'eſt autant de gagné. Ne ſçavez-vous pas, que les femmes ne tracaſſent pas moins pour un fou, que pour une piſtole ? Elles ſont d'effroyables ménageres ! pourvû que leur plaiſir ne ſoit point intereſſé, s'entend.

Le ſpectateur. Je ſuis bien aiſe de ſçavoir ſon avarice ; je luy en diray deux mots avant que je ſorte.

Le moucheur. Donnez-vous-en bien de garde, Monſieur, je vous en prie ; car vous me perdriez, ſans reſſource ; c'eſt une petite pigrieſche qui ne me le pardonneroit jamais ; &, ſans doute, elle croiroit, que je vous aurois parlé encore d'autre choſe.

Le ſpectateur. Ainſi il y a donc autre choſe à en dire ; il faut que tu me la diſes cette autre choſe ; autrement point de quartier. Je gâteray fi fort tes affaires, que...

Le moucheur. Monfieur, je vous la diray; mais ce qui me fâche, c'eſt que, quoyque ce ne ſoit qu'une bagatelle, j'apprehende que vous n'alliez vous imaginer, que c'eſt une choſe fort importante; les hommes aiment ſi fort à parler mal des femmes, qu'ils ne leur pardonnent rien.

Le ſpectateur. Je ne feray point d'autre uſage de ce que tu me diras, que de l'écouter.

Le moucheur. Quelque promeſſe que vous me faſſiez, vous m'embarraſſez fort. Quoy! ce n'eſt pas aſſez qu'un pauvre moucheur de chandelles, faſſe de ſon mieux pour vous éclairer, afin que vous voyez diſtinctement les Acteurs & les Actrices, quand ils paroiſſent ſur le Theâtre, vous voulez encore qu'il vous faſſe voir clair dans ce qu'ils font lorſqu'ils n'y paroiſſent pas! franchement, c'eſt demander plus de lumiere qu'il n'appartient à moy d'en donner.

Le spectateur. Tu raisonnes, afin de tirer de long, & qu'ainsi tu n'ayes pas le temps de m'apprendre ce que je souhaite sçavoir, parce que tu vois qu'on t'attend pour commencer. En vain veux-tu me donner le change, mon amy; compte qu'aussi-tôt que tu seras parti, je vais trouver *Niaine*, & que...

Le moucheur. Hé bien, Monsieur, pour vous contenter, je vous diray que, quand Mademoiselle *Niaine* m'a arrêté, c'étoit qu'elle jasoit dans une coulisse avec une personne, & qu'apparemment elle n'avoit pas dit tout ce qu'elle avoit à dire.

Le spectateur. Et cette personne, étoit-ce un homme ? étoit-ce une femme ?

Le moucheur. Ah ! que vôtre curiosité est assommante ! cette personne est un jeune Conseiller fort semillant, grand faiseur de rouës au tour de nos femmes, & qui ressemble à un petit maître comme deux gouttes d'eau.

Le spectateur. Est-ce qu'elle a un procés, & qu'elle le sollicitoit ? ou bien...

Le moucheur. Oh ! pour le coup, je n'en sçay rien ; vous ne serez point du tout instruit là-dessus ; car je ne connois point à la physionomie, ny les plaideurs, ny les plaideuses. Si elle a un procés, & si le Conseiller est sa partie, je gagerois, que ce procés est sur ses fins : car ils me paroissoient fort être tous deux en termes d'accommodement... on me fait signe. Il faut que je me retire ; serviteur, Monsieur, *Mutus*, au moins.

☞ Autre Scene ; c'est entre *Bombardos*, Comedien qui jouë de grands rôlles, & *Turlut* Comedien qui jouë des rôlles comiques. Ne perdons pas, s'il se peut, un mot de leur conversation.

Bombardos. Monsieur *Turlut,* point de comparaison, je vous prie, entre vous & moy. Souvenez-vous que dans mes rôlles, je fais souvent trembler ceux à qui je parle ; que des

Princes mêmes m'écoutent avec respect ; & ainsi, prenèz avec moy plus
de mesures que vous ne faites.

Turlut. Ah ! Monsieur *Bombardos* ,
vôtre nom, je l'avouë est des plus
formidables; le mien n'est qu'un petit morveux de nom , qui n'est pas
digne de le déchausser ; & ainsi, je
ne prétends pas à cet égard faire
aucune comparaison. Je me garde-
ray bien aussi de comparer mes rôlles aux vôtres. Vraymient ce sont de
plaisans visages que mes rôlles ! En
effet , à quoy sont-ils bons ? à dé-
ranger la bouche des spectateurs par
des éclats de rire , qui les défigurent
extrêmement ; à gâter quelquefois
des habits par des gouttieres qui
prennent leurs sources aux premieres Loges du côté du ciel ; à être
cause qu'il se fait dans le parterre
un flux & reflux de contorsions &
de mouvemens de joye, qui pla-
quent comme des folles contre le
mur ceux qui sont aux extrêmitez.
Quant à vos rôlles, ils ne dérangent
rien ;

rien ; aucune émotion ne vous inter-
rompt , tant on souhaite que vous
ayez bien-tôt fait ; on se donne bien
de garde de vous rire au nez comme à moy ; ce que vous dites , tient
si fort en respect ceux qui vous é-
coutent , qu'à peine osent-ils vous regarder ; c'est pour cela , que pendant que vous parlez , on profite de
ce temps , pour prendre du tabac ;
pour visiter des yeux les Loges & ce
qu'elles contiennent ; & ainsi c'est à
vous qu'on a particulierement l'obli-
gation d'avoir appris que Madame
N... étoit à la Comedie avec son
amant ; que Monsieur C... y avoit
mené sa femme avec sa maîtresse ;
qu'il y avoit dans le fonds d'une
Loge derriere trois femmes, un de
ces hommes graves de profession ,
qui n'osoit se montrer , parce qu'il
y avoit entre ces femmes une petite
grizette qui luy tient bien au cœur,
& qui l'avoit forcé de la mener à la
Comedie. N'est-il pas vray que vous
n'aviez point encore pensé à ces

belles prérogatives de vos grands rôlles?

Bombardos. Comme vous voyez , je vous ay écouté avec bien de la patience. En aurez-vous autant pour m'entendre à preſent parler à mon tour ?

Turlut. Parlez. Je vous écouteray avec plaiſir , pourvû que vous me montriez beaucoup de ridicule dans mes rôlles; car je ne viſe qu'à cela; c'eſt dans les impertinences, que je fais conſiſter mon merite.

Bombardos. Il ne s'agit pas de nos rôlles; mais de nos perſonnes.

Turlut. Oh ! pour nos perſonnes, j'avouë encore, qu'il y a bien de la difference , & que cette difference ne me fait pas honneur. Vôtre perſonne eſt peſante, la mienne eſt legere ; vous montrez preſque toû-jours une bouche enflée, parce qu'-elle eſt pleine de grands mots ; & moy , j'en montre preſque toûjours une ouverte pour rire moy-même autant des ridiculitez que je dis, que

j'en fais rire les autres. Vous mor-
guez également les Acteurs & les
spectateurs ; & moy, je grimace seulement pour les réjoüir. A peine
daignez-vous regarder les gens en
face, vous vous contentez de leur
presenter l'épaule & de leur parler
de côté ; & moy, je prens tant de
postures, que je me montre de tous
biais ; de sorte qu'on a à choisir.
Vous...

Bombardos. Hé, quoy ! ne pour-
rez-vous finir de parler ? cela est
étrange ! à peine ay-je pû dire un
mot ; vous ne débabillez point !

Turlut. Ah ! le joly mot, que débabillez ! qui auroit jamais crû,
qu'un homme aussi serieux que M.
Bombardos dût prononcer un mot si
gaillard ?

Bombardos. Vous faites bien le
mauvais plaisant ! apparemment vous
venez de quereller avec vôtre femme.

Turlut. Je plaisante ; donc je viens
de quereller avec ma femme. Belle
C ij

conſequence ! oh ! aſſûrément cet argument eſt en *baroco* ; car il eſt des plus barroques.

Bombardos. Hé la... la... il n'eſt pas ſi barroque , que vous le dites. Souvent vous n'êtes extrêmement gaillard ſur le Theâtre , que parce que vous êtes beaucoup en grabuge chez vous, &...

Tarlut. De quoy vous mêlez-vous? quel droit avez-vous de mettre vôtre nez dans les affaires de ma maiſon ?

Bombardos. Prenez garde ; vous allez tomber dans le ſérieux , & devenir par conſequent, ſelon vous, auſſi ridicule, que moy. Je ſuis bien-aiſe d'avoir trouvé le ſecret du grabuge, pour vous mettre à la raiſon. Je n'en oublieray pas l'uſage , quand vous rirez à mes dépens.

¶ Allons à preſent de ce côté-cy, pour entendre *Doucine* Comedienne qui jouë des rôlles aſſez tendres ; & *Ardan,* Comedien qui jouë des rôlles paſſionnez.

Doucine. Sçavez-vous vôtre rôlle ?

Ardan. Si je le sçay ? en doutez-vous ? Je le sçay même avant que de l'avoir lû : vous representez par le vôtre une charmante personne, & vous l'êtes vous-même ; je represente par le mien un amant passionné pour cette charmante personne, & je le suis veritablement pour vous ; jugez si j'avois besoin d'un Auteur pour apprendre ce que j'ay à vous dire.

Doucine. Ah ! mon cher *Ardan*, que je crains qu'on ne s'apperçoive que je suis l'original de l'amante, dont on prétend que je dois seulement representer la copie ! sans doute, mes yeux me trahiront.

Ardan. Que craignez-vous ? vôtre mary ? plus vous marquerez m'aimer, plus il sera content. Estre une excellente Comedienne, voila ce qu'il demande principalement de vous ; & rien n'est plus propre pour bien representer les mouvemens de l'amour, que de les sentir veritablement.

Doucine. Helas! je ne les fens que trop ces mouvemens.

Ardan. Vous êtes bien perfuadée, mon aimable Doucine, ma toute belle, que je les fens du moins autant que vous.

Doucine. Pendant tout le temps que nous jouërons cette piece, venez, je vous prie, plus rarement chez moy, afin que nous ne faffions point naître de dangereux foupçons.

Ardan. Vous n'y fongez pas, ma chere! fi nous ne répetons fouvent nos rôlles en particulier, nous courrons rifque de mal réüffir en public; & que diroit aprés cela vôtre mary? croyez-moy, ne luy donnons pas ce chagrin.

Doucine. Hé bien, venez donc à vôtre ordinaire, puifque cela eft néceffaire pour contribuer à luy faire plaifir.

* Voicy *Zeros* & *Craïrde* qui jafent enfemble; ils méritent bien qu'on les écoute. *Zeros*, comme vous f;avez, eft un Comedien qui ne

jouë que des rôlles, où il y a peu à parler ; & *Craïrde*, une Comedienne qui jouë presque toûjours des rôlles de babillardes. Paix ! que rien ne nous échape.

Zeros. Quand vous me reprochez, que je gagne bien aisément mon argent, parce qu'on me donne d'ordinaire peu de chose à dire : est-ce à cause que, quand il y a le personnage d'une babillarde à representer, vous êtes la premiere à qui on le destine ?

Craïrde. Oüy, M. *Zeros*, oüy ; franchement tout est bien mal reglé icy ! ne devroit-on pas payer les gens à proportion de ce qu'ils disent ? quelle injustice ! M. *Zeros* aura dit seulement dans toute une piece ces quatre mots ; *Seigneur*, *on vous attend*; la pauvre *Craïrde* aura parlé la valeur d'une heure, sans cependant qu'on donne à celle-cy un liard plus qu'à l'autre. Cela est-il raisonnable ?

Zeros. Mademoiselle *Craïrde*, n'ê-
C iiij

tes-vous pas bien récompenfée d'a-
voir tant d'occafions de donner
avec toute liberté, en bonne compagnie, & même avec applaudiffement, l'effort à vôtre langue qui
aime extrêmement à faire de l'exercice, tant elle a peur de pourrir
dans vôtre bouche par une inac-
tion.?

Craïrde. Vous êtes bien imperti-
nent de me dire à mon nez ce que
vous me dites ! ce n'eſt pas fans raifon, qu'on ne vous donne que des
rôlles où il y a peu à parler ; car
vous n'êtes capable, que de dire des
fottifes. Mercy de ma vie, fi ma
langue aime à faire de l'exercice,
c'eſt en tout bien & en tout honneur, entendez-vous ? Je parle,
quand il faut parler ; je ne ments
point; je ne médis de perfonne ; je
ne révele les fecrets de qui que ce
foit ; je ne vais point dire les miens ;
je ne débite point de nouvelles ; je
n'interromps point, quand on parle; je ne me pique point de dire

des quolibets; je raille encore moins.
M'entend-on difputer jamais? m'a-
t-on entendu flater, me vanter, ju-
rer, faire des rapports, réprimender, me plaindre comme les autres
femmes? Enfin je ne dis rien d'inutile.

Zeros. Oh! cela étant, il faut
vous donner mes rôlles à joüer;
par le détail que vous venez de me
faire, il me paroît, que vous ne parlez prefque point. Si vous voulez,
on...

Craïrde. Je ne veux rien, M. *Zeros*, je ne veux rien que ce que
j'ay.

Zeros. Mais pourtant, comme
vous êtes fort filentieufe, ainfi que
vous venez de m'en affûrer, il faudroit....

Craïrde. Il faudroit vous taire,
& ne pas parler ailleurs plus que
vous faites fur le Theâtre; voila ce
qu'il faudroit. Eft-ce à vous à vous
mêler de ce qui me convient, de
ce qu'il me faut? vous paye-t-on une

part pour cela ? Je connois mieux que vous, ce me femble, ce qui m'eft propre. Je puis me vanter de ne rien entreprendre, dont je ne vienne à bout.

Zeros. Je n'en croy rien ; car vous venez de m'affurer, que vous ne vous vantez jamais.

Craïrde. J'ay affûré ce que j'ay voulu affûrer. Voyez de quoy il s'avife d'aller ravauder dans ce que j'ay dit ! ces gens qui ne font point accoûtumez à parler, ne s'occupent qu'à faire des réflexions fur le tiers & fur le quart. Hé bien, faites des réflexions tant que vous voudrez ; mais ne les venez pas dire à ceux qui ne s'en foucient point du tout.

Zeros. Permettez-moy pourtant de vous faire une petite remontrance ; je vous promets, qu'elle ne comprendra pas plus de mots, que j'en dis fur le Theâtre, il y va...

Craïrde. A moy des remontrances ! des remontrances ! vraymenent vous vous adreffez bien ! apprenez,

que je ne fuis point femme à écouter des remontrances , & que vous
feriez fort mal venu , fi vous vous
avifiez de me dire le moindre mot
qui y reffemblât. Si vous voulez réprimender , je vais vous donner beau
champ pour cela ; vous y ferez à
gogo. Réprimendeƶ , par exemple ,
Mademoifelle * fur fa coquetterie
infupportable ; M. * * fur fes extra-
vagances , & plufieurs autres de nos
gens qui donnent , tête baiffée , dans
je ne fçay combien de débauches ,
dont le deshonneur rejaillit fur nôtre troupe. M. * * * nôtre Acteur
grave , fut apporté , yvre mort du
cabaret chez luy ; égayez-vous là-
deffus ; la matiere eft bonne pour
des remontrances ; je vous en laiffe
la liberté ; ajoûtez-y encore M. * * *
nôtre rieur à belles dents . qui doit
tous fes habits , & dont les meubles
feront aujourd'huy executez par ordre d'un Marchand à qui il les doit ;
la petite * qui fuit par tout un miferable petit Jouvenceau , qui , je

croy, en a bon marché, ou, plûtôt, qu'elle achete bien cher, contre l'ordinaire des filles, comme elle. Vous voyez que je fçay des nouvelles de nos hommes & de nos
femmes. Voila bien des fujets de
réprimende; ne les laiffez pas échaper en vain, puifque vous avez tant
d'envie de réprimender.

Zeros. Vous ne faites, difiez-vous
tout-à-l'heure, ny rapports, ny mé-
difances; vous ne dites point de nouvelles, vous ne revelez point les fecrets; vous n'interrompez point; &
voila pourtant...

Craïrde. Voila pourtant, voila
pourtant; qu'eft-ce que voila? voila des veritez... adieu, je n'ay pas
le temps d'entendre vos raifonnemens faftidieux; j'ay un rôlle à étudier, qui me donne luy feul plus de
peines, que cent des vôtres.

Zeros. Ce n'eft donc pas un rôlle de babillarde.

Craïrde. C'eft ce que c'eft. Ce
n'eft pas à vous, que j'en dois rendre compte.

* Ah ! qu'est-ce que disent là *Extrope* & *Rifadet* ? J'ay une grande curiosité de le sçavoir ; vous n'ignorez pas, qu'*Extrope* est un Comedien qui ne joüe plus, & qui a pension ; *Rifadet*, un Comedien qui joüe des rôlles de valet. Prêtons l'oreille à leur discours.

Extrope. Que joüe-t-on aujour-d'huy ?

Rifadet. Quel plaisir de faire comme vous une telle demande ! car vous la faites à coup sûr. Que la piece qu'on va joüer soit bonne ou mauvaise ; qu'elle réüssisse, ou qu'elle ne réüssisse pas, vous y gagnez toûjours, sans y mettre rien du vôtre.

Extrope. M. Rifadet, ce grand plaisir que vous croyez que j'ay, & que vous exagerez si fort, certes ne seroit pas de vôtre goût. Vous ne voudriez point être en ma place ; car vous aimez extrêmement à representer ; le métier vous plaît ; je ne vous en blâme pas ; au contraire , la satisfaction que vous y avez , fait que vous en donnez beaucoup aux autres.

Rifadet. Trouvez-vous en effet que je divertisse ?

Extrope. Oüy ; c'est vous qui faites la principale joye de vôtre Theâtre ; on ne se réjoüit point mieux , que quand vous y paroissez.

Rifadet. Je le croy ainsi ; & ce qui m'en persuade encore davantage , c'est que les Auteurs me retiennent toûjours pour les rôlles les plus comiques ; ils me veulent tous avoir ; ils n'abandonnent leurs pieces , que sous cette condition ; quelques-uns de mes camarades en sont jaloux ; mais pour leur profit, il faut qu'ils cedent. Concluez de-là , que j'ay peu de repos. Et de cette conclusion tirez-en une autre.

Extrope. Je vous vois venir.

Rifadet. C'est donc signe , que je dois naturellement venir , ou vous devinez que je viens.

Extrope. Vous voudriez que, fans écouter la regle établie pour la diftribution des parts, on vous payât à proportion de vos peines, & du plaifir que vous donnez. Pour moy, je ne m'y oppofe pas.

Rifadet. Je le croy bien ; qu'y perdriez-vous ?

Extrope. Pour un homme auffi comique, que vous êtes, vous traitez aujourd'huy avec moy bien ferieufement !

Rifadet. C'eft que Marchand qui perd, ne peut rire. De ce qu'on vous donne pour ne rien faire, il m'en viendroit une partie, fi on ne vous le donnoit pas.

Extrope. Je ne veux pas infifter contre vous là-deffus ; car je craindrois de vous mettre de fi mauvaife humeur, que vous ne pûffiez être aujourd'huy auffi divertiffant, que vôtre rôlle l'exige. Je ferois bien fâché de vous ôter ce que vous ayez de meilleur.

Rifadet. Pour moy, je n'en dis

pas autant ; ce que vous avez de meilleur, c'eſt d'être bien payé, ſans rien faire ; franchement, je ne ſerois pas fâché de vous l'ôter.

Extrope. Voila juſtement la raiſon pourquoy on parle ſi mal de ceux de nôtre métier. Il n'y a entre nous, dit-on, ny honnêteté, ny amitié, ny complaiſance. Quelques ſous ſont capables de mettre chez nous tout en combuſtion. Je vous conſeille de faire mettre toutes vos diſputes en Comedies ; comptez , que vous trouverez par là le moyen de vous dédommager de cette penſion que vous me reprochez tant.

Rifadet. Conſeillez-moy donc auſſi de ne pas manquer d'y introduire les penſionnaires , quand on n'en dévroit faire que les perſonnages qu'on appelle *muets.*

Extrope. J'y conſens de tout mon cœur. Je m'offre même pour Acteur , afin de me repreſenter moy-même , ſi l'on me jouë , ſans demander autre récompenſe , que la
                                   permiſſion

permiſſion de vous voir compter aprés la piece, vos gros profits.

Rifadet. Parbleu, M. Extropé, c'eſt bien aſſez de nous tirer nôtre argent, ſans venir encore icy nous brocarder en nôtre preſence.

Extrope. Adieu, M. Rifadet, je me tetire, & vous quitte un peu bruſquement. Je m'apperçois, que plus nôtre converſation dureroit, plus elle dérangeroit vôtre comique talent; & je ne veux pas faire ce tort au Public.

* Nouvelle Scene; c'eſt *Metantrin*, le ſouffleur des Acteurs & des Actrices, qui cauſe avec *Penardeau*, Comedien qui jouë des rôlles de peres & de vieillards. Cachons-nous bien, afin qu'ils ne croyent point être écoutez.

Metantrin. Pourquoy vous tant fâcher?

Penardeau. Pourquoy me ſouffler? Eſt-ce pour me faire affront, que vous prenez tant de peine? c'eſt l'haleine qui me manque & non pas

D

la memoire ; & ainſi ce ne ſont point des paroles qu'il me faut ſouffler , mais du vent. Pour celuy-cy , je vous le permets , je vous mets à même , ſoufflez m'en tant que vous voudrez.

Metantrin. Goguenardez , M. Penardeau , goguenardez ; j'aime bien mieux vous voir dans cette diſpoſition , que dans celle que vous m'avez montrée d'abord.

Penardeau. Je ſuis vieux veritablement , je repreſente des rôlles de vieillards , vous le ſçavez , & cependant vous voudriez que je babillaſſe auſſi legerement que les jeunes. Sçachez , que tout eſt peſant chez les gens de mon âge.

Metantrin. Vous vous moquez de moy , de dire que vous êtes vieux ! hé , quoy ! ſi vous étiez veritablement vieux , ſeriez-vous auſſi ſemillant que vous l'êtes auprés des jeunes femmes ? Quand vous vous trouvez en leur compagnie , vous ne touchez pas des pieds à terre , vous volez de l'une à l'autre comme un papillon.

Penardeau. C'eſt par habitude, mon pauvre M. Metantrin, c'eſt par habitude, que je me trémouſſe ; car d'ailleurs je ne m'en tiens, & ne m'en puis tenir qu'à ces petites miévretez ; je ne puis pas leur faire grand mal ; auſſi le ſçavent-elles bien les peques qu'elles ſont ; c'eſt pourquoy elles ne ſe mettent gueres en peine de ſe gârer de moy. Elles m'appellent badin ; cela me réjoüit ; parce que c'eſt une injure qu'on dit volontiers aux jeunes gens.

Metantrin. Oh ! cela étant, puiſque vous ne voulez pas que je vous ſouffle ſur le Theâtre, je vous ſouffleray du moins ce que vous venez de me dire, pour vous en faire reſſouvenir, quand vous ſerez auprés d'elles, afin que vous n'entrepreniez rien au-delà de vos forces, & que vous ne ſuccombiez pas.

Penardeau. Parbleu ! il faut que vous ayez bien la fureur de me ſouf-

D ij

fler, pour me relancer jufques-là avec vôtre foufflerie.

Metantrin. C'eft mon métier, je n'ay que cela à faire.

Penardeau, Oüy, fur le Theâtre ; & c'eft-là où vous ne manquerez pas d'occupation, fi vous voulez vous bien acquiter de vôtre métier ; nous n'avons que trop d'Acteurs & d'Actrices qui en ont befoin ; par exemple , Mademoifelle * qui eft continuellement diftraite par fon application à regarder de tous cô- tez, pour voir fi elle trouvera ce qu'elle cherche, plûtôt qu'à penfer à ce qu'elle dit & à ce qu'elle fait ; nôtre geant qui d'ordinaire a tant bû , que, fa memoire nageant dans le vin , eft dans un continuel dan- ger de s'y noyer ; le petit trembleur M. * * à qui le moindre coup de fifflet dérange fi fort les idées, qu'il ne fçauroit plus garder aucun ordre dans fa déclamation ; Mademoifelle * * qu'un applaudiffement expri- mé par un frappement de mains ,

occupe de telle forte, qu'elle ne
fçait où elle en eft de fon rôlle ; nôtre petite coquette * * * * qui eft fi
preffée de finir, pour aller trouver
un certain fils de Fermier qui l'attend, qu'elle mettroit volontiers les
paroles en double, afin d'avoir plûtôt fait ; le grand flandrin de * * * * *
qui tâche de compter le nombre
des fpectateurs, tant il eft preffé de
fçavoir fi fa part fuffira pour payer
le foupé qu'il a promis à telle fillette qui fe foucie plus de fon vin &
de fon roft, que de luy. Quand
vous voudrez, je vous inftruiray
mieux que qui que ce foit, des devoirs de la foufflomanie.

Metantrin. Demain j'iray dîner
avec vous pour cela ; car je vois
qu'en effet vous connoiffez fi bien
nos gens, que rien ne vous échape
de ce en quoy ils peuvent manquer,
& cette connoiffance n'eft pas un
médiocre foulagement pour un fouf-
fleur.

Penardeau. Venez, j'ay d'un cer-

tain vin de Champagne, dont nous
soufflerons de bonne forte, & ensuite vous en soufflerez mieux nos
Acteurs.

☞ Ne laissons pas échaper l'occasion d'écouter ceux-cy, je veux dire *Redondor*, Comedien qui se croit
nécessaire & qui veut quitter, &
Axipe, Comedien Receveur de la
troupe.

Redondor. Vous vous étonnez, dites-
vous, de ce que je témoigne vouloir
absolument abandonner ma profession, pour me tirer du Public & me
rendre à moy-même? Je ne m'éton-
nerois pas moins, si vous marquiez
le même dessein; car un Receveur
ne quitte pas volontiers son em-
ploy.

Axipe. C'est qu'en quittant, il
n'auroit pas les mêmes esperances
que vous.

Redondor. Quelles font donc ces
esperances? pour moy, je ne les
connois pas.

Axipe. Oh! que si, vous les con-

noiſſez bien. Vous n'en faites pas
ſemblant, & vous avez raiſon.

Redondor. Mais encore, quelles
ſont celles que vous vous imaginez?
apprenez-les moy, afin que j'en profite.

Axipe. Eſt-il poſſible que je puiſſe
vous apprendre là-deſſus quelque
choſe de nouveau?

Redondor. Cela eſt tres-poſſible,
puiſque cela eſt tres-vray. Je ne
vous déguiſe rien. Eſt-ce que je
voudrois faire le Comedien en quittant la Comedie?

Axipe. Pourquoy non? quand ce
ne ſeroit qu'afin de ſoutenir l'illuſtre
réputation que vous avez.

Redondor. Quoyqu'il en ſoit, ex-
pliquez-moy, je vous prie, ces eſpe-
rances.

Axipe. Je vais vous les expliquer;
mais je vous prie auſſi de ne vous
pas offenſer de ce que je vous diray là-deſſus. Imaginez-vous pour
cela, que je ne parle point de vous,
mais d'un autre; ou plûtôt, que c'eſt

de moy-même que je parle , & que je me mets en vôtre place.

Redondor. Je m'imagineray tout ce que vous voudrez. Oüais ! voila un grand préambule ! apparemment vous ne prenez tant de précautions, que parce que vous avez des choses importantes à me reveler. Messieurs les Receveurs font si accoûtumez à ne donner rien avec précipitation , que même ils ne se pressent pas de donner des avis.

Axipe. Des avis ! à Dieu ne plaise, que ce que je vais vous dire , soit un avis, à moins que vous n'appelliez de ce nom un sentiment qui pourroit être fort semblable au vôtre. Venons au fait. Je me persuade donc être M. *Redondor*, c'est-à-dire, un homme consommé dans tous les talens de la plus charmante déclamation ; qui sçait par ses gestes, ses tons de voix , les mouvemens de ses yeux , enfin, par toutes les attitudes de son exterieur, faire sentir à ses spectateurs les mêmes

mêmes paffions qu'il exprime ; qui
par un pathetique inimitable, donne de l'amour, de la haine, de l'in-
dignation, de la compaffion, quand
il veut, à ceux qui le voyent reprefenter.

Redondor. Je dois être content du
portrait que vous faites ; car vous
m'y cageolez fort ; voyons quelle
fera la bordure ?

Axipe. Me voyant (en qualité de
Redondor, s'entend ; car n'oubliez
pas, que ce n'eft point d'Axipe le
Receveur, que je parle) me voyant,
dis-je, dans une fi glorieufe réputation, & n'ignorant pas l'empreffe-
ment qu'on a de me venir entendre ; l'ardeur que les Auteurs ont
pour m'engager à reprefenter les
rôlles favoris de leurs pieces ; le
vuide de nôtre fale, quand on fçait
que je ne dois pas paroître ; tout
cela me perfuade, que je fuis fort
néceffaire aux interêts de nôtre troupe ; que mes confreres feroient fort
affligez, s'ils venoient à me perdre ;

Part. II.   E

& que le Public même en seroit
dans une veritable consternation.
Là-dessus, il me prend envie de me
procurer à l'abri de ma réputation,
de l'utilité dans toute l'étenduë qu'-
elle peut avoir.

Redondor. Voyons comment.

Axipe. Voyons si j'ay pensé comme vous. J'insinuë tout doucement,
que j'ay dessein de quitter. Mais quitter sans de bonnes raisons, seroit
une démarche pitoyable. Je cherche donc ces bonnes raisons. Dire
que je suis assez riche ; on n'en croiroit rien ; car on sçait parfaitement,
que la plûpart des pieces nouvelles
nous font beaucoup perdre de ce
que nous avions gagné par les an-
ciennes ; vouloir persuader, que
c'est ma santé qui ne me permet
pas de continuer un si violent exercice, mon visage me démentiroit ;
outre qu'on n'ignore pas, que j'en
fais d'autres qui ne demandent pas
moins de forces. Je trouve enfin,
que, si je marquois vouloir me re-

tirer , pour fonger férieufement à moy , en répandant fur le témoignage de ce deffein quelques petites pincées de motifs de devotion , mon defir de changement me feroit honneur , & m'apporteroit peut-être du profit , ou de la part de mes confreres , ou de la part de la...

Redondor. Si vous entendez vos interêts dans vôtre recette auffi-bien que dans la retraite des Comediens, vos affaires ne vont pas mal. Je profiteray peut-être de vos inftructions.

Axipe. Que je vous en donne encore une , je vous en prie , puifque vous voulez que je croye, que vous n'avez point penfé à tout cecy. C'eft, que , fi l'on vous prend au mot , de prendre de vôtre côté fi bien vos mefures, qu'aprés être forti de la troupe, vous n'ayez plus envie d'y rentrer ; à caufe que...

Redondor. Je vous entends ; je devine ce que vous voulez dire.

Axipe. Tant mieux , fi vous le devinez ; c'eft figne que vous y avez pensé du moins autant que moy.

☞ Autres gens qui meritent attention ; c'est le mary & la femme ; je veux dire, *Agnome*, Comedienne qui jouë des rôlles enfantins, & *Zeston*, Comedien qui jouë des rôlles d'yvrognes. Ils me paroissent un peu échauffez ; sçachons de quoy il s'agit.

Agnome. Laisse-moy là, vilain pilier de cabaret ; c'est donc là, à ce que je vois, que tu vais t'instruire pour bien jouër tes rôlles d'yvrogne. Tu as eu raison de les choisir ; car rien ne te convient mieux. Oh ! le vilain homme ! le maussade ! le sac à vin !

Zeston. Je ne sçay pour moy, où tu t'instruis, pour jouër les rôlles enfantins que tu as pris pour ton partage ; ce n'est pas assurément à la maison, puisque tu n'y parois jamais, qu'avec les fureurs d'une vieille.

Agnome. J'y parois avec toy comme je le dois ; tu ne merites pas autre chose, yvrogne que tu es.

Zeston. Qui croira tantôt en te voyant faire l'enfant, que c'eſt *Agnome*, la femme furieuſe de *Zeston* ? J'ay deux femmes en toy; une bonne, & une mauvaiſe; mais, par malheur pour moy, je ne joüis que de la mauvaiſe; la bonne eſt pour le Public.

Agnome. Va, yvrogne, va cuver ton vin.

§ *Fiduce*, Comedien, qui joüe des rôlles de confidens, & *Pioupiou*, Comedien qui chante, pourront nous faire plaiſir; ne paſſons point, ſans les écouter.

Fiduce. Je connois, auſſi-bien que vous, que les rôlles de confidens ſont tels, qu'il ſeroit difficile de s'en paſſer, parce qu'ils ſuppléent à ce que les grands Acteurs ne pourroient ou n'oſeroient dire; qu'ils mettent en voye de faire paroître ces grandes paſſions qui intereſſent les ſpectateurs; qu'ils apprennent d'ordinaire le nœud & le dénouëment de la piece; cependant le peu

E iij

d'eſtime qu'on a pour ceux qui joüent ces rôlles, fait que j'en ſuis extrêmement degoûté.

Pioupiou. Que pourriez-vous faire de mieux ?

Fiduce. Parbleu ! M. Pioupiou, vous me faites-là une queſtion bien impertinente !

Pioupiou. Tant pis pour vous, M. Fiduce, tant pis pour vous, ſi vous la trouvez impertinente; c'eſt une marque, que vous ne ſçavez pas vous rendre juſtice.

Fiduce. Qui vous a dit, M. le Chanteur, que je ne puis rien faire de mieux? Sçachez, qu'il n'y a aucun grand rôlle, que je ne déclame, quand je voudray, du moins auſſi-bien que ceux qui s'en mêlent.

Pioupiou. Voila la marote ordinaire de tous les gens médiocres. Il n'y en a preſque pas un qui ne ſe croye capable d'arriver à la plus haute perfection ; ils ſont toûjours ſur le ton plaintif contre les injuſtices qu'ils prétendent qu'on leur rend.

Fiduce. Et il n'y a si petit grimaud de Musicien, qui ne s'imagine pouvoir damer le pion aux Amphions, aux Arions, aux Orphées, aux Lullys, aux Colasses, aux Campras, aux Berniers, aux Dornels. Vous venez icy miauler quelques airs ; on vous écoute, parce qu'on est affamé d'harmonie sur nôtre Theâtre, & qu'il n'y a personne qui y chante que vous, il n'en faut pas davantage pour détonner si fort vôtre raison, que vous ne sçavez ny ce que vous dites, ny ce que vous faites. Cette estime, cette admiration, dont vous vous flatez ; chansons, que tout cela, mon bon M. Pioupiou, chansons, que tout cela.

Pioupiou. Cela est-il vray ? me parlez-vous en amy ?

Fiduce. Oüy, tenez-moy compte de ma franchise, & en même temps, de ma discretion ; car ce que je dis de vous à vous-même, je ne vou-

E iiij

drois jamais le dire à d'autres. Si je vous parle de la forte, ce font vos interêts qui m'y engagent ; car enfin , vous êtes, à vôtre entêtement prés fur vôtre réputation, d'ailleurs un fort bon homme ; je ferois tresfâché que vous achevaffiez de vous gâter , en vous abandonnant entierement à vôtre préfomption.

Pioupiou. Vrayement je fuis charmé de vos bontez ! hé bien , M. le confident (ce nom vous convient à prefent parfaitement bien) pour reconnoître, comme je dois vôtre difcrete franchife , je veux auffi vous faire une confidence (quoyque ce ne foit pas mon métier) elle vaudra mieux pour vôtre utilité & pour vôtre honneur (c'eft tout dire) que toutes celles que les Princes , les Rois & les Empereurs vous font fur nôtre Theâtre ; c'eft pourquoy je m'attends bien, que vous la recevrez de bon cœur. N'eft-il pas vray ?

Fiduce. Voyons de quoy il s'agit ; aprés cela je vous répondray.

Pioupiou. Je vous avertis donc, que, si vous êtes jamais admis, pour joüer ces grands rôlles que vous ambitionnez, l'herbe croîtra dans nôtre Parterre, les rats & les souris courront dans nos Loges, même dans nôtre Amphitheâtre ; & que tous tant que nous sommes, je veux dire, vous, nos confreres & moy nous mourrons bien-tôt de faim.

Fiduce. Ce grand avis, dont vous me flattiez, se réduit à me faire ressouvenir de la montagne qui enfanta une souris. Malgré vos réflexions, vôtre crainte, vôtre présage, j'en essayeray.

Pioupiou. Est-ce de mourir de faim, que vous voulez essayer ?

Fiduce. Je vais tout-à-l'heure faire des remontrances pour cela ; si l'on ne m'accorde pas ce que je demande, je me retireray aussi-tôt.

Pioupiou. Vous quitterez ? oh ! cela étant, nous ne courrons aucun risque.

Fiduce. Peùt-être plus que vous ne croyez.

* Les voila quatre. Il y aura là à apprendre quelque chose de curieux; ne le négligeons pas. Dans ce coin c'est *Saltine*, Comedienne Danseuse; à sa droite, c'est *Cliane*, Comedienne Chanteuse; à sa gauche, *Mammao*, Comedien qui joüe des rôlles de pedans; & vis-à-vis d'elle, *Oxigras*, Comedien qui joüe des rôlles de Rodomonts.

Saltine. Croyez-moy, Messieurs, il ne faut point recevoir cette piece, à moins que l'Auteur ne permette qu'on y danse.

Cliane; & qu'on y chante aussi; Mademoiselle Saltine, en dansant, & moy en chantant, faisons valoir les moindres choses. Comme ces deux divertissemens se donnent d'ordinaire sur la fin, nous laissons du moins les spectateurs assez sur la bonne bouche, pour qu'ils ayent envie d'y retourner.

Mammao. Vos chants & vos dan-

fes ne font que gâter nos fpectacles;
les Auteurs ont raifon de vouloir les
en bannir. Ne vaut-il pas mieux
poulfer de beaux fentimens, exprimer de grandes paffions , où l'efprit
& le cœur ont la liberté; celuy-là,
de faire ufage de fes lumieres ; &
celuy-cy de porter fes mouvemens
jufques-là où ils peuvent aller, que
d'employer ce temps à remuer les
pieds & la langue, pour faire des
bruits qui ne fervent à rien ?

Oxigras. Vous parlez bien là en
pedant , M. *Mammao !* ce n'eft pas
fans raifon qu'on vous en donne des
rôlles à reprefenter.

Mammao. Comme vous joüez des
Rodomonts , on peut donc conclure naturellement que vous faites fort
l'entendu , & que vous prétendez
vous faire valoir beaucoup plus que
vous ne valez.

Cliane. Franchement , Meffieurs ,
vous tirez là de bien ridicules con-
fequences , quand vous prétendez

vous en servir , pour prouver , que
nous sommes en effet ce que nous
representons ! quoy ! à cause que je
chante , sera-t-il dit que j'ay tous
les défauts de quelques Musiciens ;
c'est-à-dire, que j'aime à boire ; que
je ne songe qu'au plaisir ; que je ne vis
au cabaret qu'aux dépens des autres ;
que je fais la petite Maîtresse, comme
ils font les petits Maîtres ; que je ne
puis rien approuver de ce que font
les autres ; que je mourray gueuse ,
parce que , comme eux , je ne gar-
deray rien pour l'avenir.

Saltine. Il faudra donc aussi qu'on
croye les mêmes choses de moy ;
car rien ne ressemble mieux à la
vie d'un Musicien , que celle d'un
Danseur ; en effet. . . .

Mammao. En effet , cela est vray.

Saltine. Hé bien, j'y consens; mais,
à condition que vous , M. Mammao , consentirez aussi qu'on vous
attribuë tous les défauts des pedans ; c'est-à-dire, qu'on soit per-

suadé, que vous êtes un grand di-
seur de riens; que de pures bagatel-
les vous en faites de grands sujets
de disputes & de Dissertations,
sans que vous conveniez avec les
autres d'aucune décision; que vous
êtes un mal propre & un animal
indécrotable; un opiniâtre qui ne
veut rien ceder à personne; qui n'aime point à reconnoître la verité, à
moins que vous ne croyiez l'avoir
trouvée vous-même; que vous êtes
un orgueilleux, qui, pour avoir
vieilli dans la poussiere des livres,
devenez vous-même comme une
poussiere & une ordure que le vent
de vôtre vanité voudroit élever au-
dessus des autres; un homme inso-
ciable, sans politesse, & par consé-
quent, le rebut de tous ceux qui
se piquent de sçavoir vivre, & qui
le sçavent en effet.

Oxigras. On peut croire de vous
autres tout ce que vous venez de dire;
quant à moy, je suis au-dessus de
tous ces jugemens; je ne donne pas

fujet de les faire ; fi on les faifoit, & fi on ofoit me le témoigner, je fçaurois bien faire taire les témoigneurs.

Cliane. Voila juftement, M. *Oxigras*, qui en deux mots fe montre un veritable Rodomont. A la fin, je croiray, qu'il y a quelque chofe de contagieux dans nos rôlles.

Mammao. Dites plûtôt, que tous nos défauts viennent de nôtre efprit & de nôtre cœur. Pythagore, Platon, Ariftote, Epicure, Hypocrates, Galien, enfin, tous les plus habiles Philofophes & Médecins de l'antiquité font dans ce fentiment. Voicy premierement ce que dit Pythagore. Ecoutez bien ; c'eft que...

Cliane. Et voicy ce que je dis moy, M. Mammao ; c'eft que la tirade de pedanterie dont vous êtes d'humeur à nous ennuyer, ne fert qu'à confirmer ce que je croy ; je veux dire, que fouvent nos rôlles nous gâtent ; voyez comme ceux qui font fouvent les Princes, font fiers

dans les compagnies, & avec quelle hardiesse ils osent faire comparaison avec les plus grands Seigneurs.
Il me paroît, que plus nous parle-
rions de cette matiere, plus nous la
confirmerions; & ainsi n'en parlons
plus.

Quoy! *Cacaonne*, la petite fille Comedienne en conference avec
Luïel, & avec *Tintanton* ! oh ! cet
entretien peut avoir de l'agrément
pour nous. Sans doute, vous n'ignorez pas, que souvent *Luïel* jouë des
rôlles de femmes, & que *Tintanton*
est un des joüeurs d'instrumens pour
l'orchestre. St, st; écoutons-les de
nôtre mieux.

Luïel. Prenez-vous goût au Theâtre, la belle Cacaonne ? cela vous
réjoüit-il ?

Cacaonne. Oh! oüy, je vous assûre; car tout le monde me regarde.

Luïel. Vous aimez donc à être
regardée ?

Cacaonne. Assûrément, & j'aime

bien auffi à regarder. Je vois de tous côtez tant de beaux Meffieurs, tant de beaux Meffieurs, des petits, des grands, des moyens, avec des habits, il faut voir ! &, quand je paffe par les couliffes, j'en trouve toûjours en mon chemin, qui me difent de petites drôlleries, dont je ne me fens pas d'aife, je n'en fais pourtant pas femblant.

Tintanton. Oh ! le beau naturel ! le bon petit cœur! prendre plaifir aux drôlleries ! quelle admirable difpo-fition, pour devenir une excellente Comedienne !

Cacaonne. Je le prétends bien de-venir une excellente Comedienne ; vous verrez, vous verrez, M. Tin-tanton. Je fçay déja faire des mines au Parterre & aux Loges; il faut voir comme je fais joüer mes yeux ; tous les jours j'étudie cela plus de deux heures à mon miroir.

Luïel. Oh ! je vous veux aider moy, à bien joüer vos rôlles. Vous fçavez, que je reprefente fouvent

ceux

teux des femmes ?

Cacaonne. Hé, fy, vous êtes fi laid, quand vous faites la femme, que je ferois bien fâchée de vous refiembler. Quoy faudroit-il que j'eufe auffi de la barbe ?

Luïel. Non, non, je ne vous demande point de barbe pour vous inftruire ; cela feroit bon, fi j'inftruifois vôtre grand-mere.

Cacaonne. Je ne veux point du tout que vous m'inftruifiez ; voyez le beau maître, qui ne feroit propre qu'à me rendre effroyable ! qui eft-ce qui me pourroit aimer, fi je vous reffemblois ?

Luïel. Vous voulez donc être aimée, à ce que je vois ?

Cacaonne. En doutez-vous ? Eft-ce que toutes les autres ne le veulent pas auffi-bien que moy ? il me femble, qu'on commence toûjours par là, & qu'on ne s'en ennuye point. Ma bonne, par exemple, veut toûjours, toûjours qu'on l'ai-me ; auffi vois-je bien des Meffieurs

F

qui le luy disent, & elle ne s'en fâche point du tout ; au contraire, elle n'est jamais de meilleure humeur, que, quand ils le luy ont dit long-temps. Oh ! dans ce temps-là, je ne crains pas d'être grondée.

Tintanton. Oh ! encore une fois, le beau naturel ! qu'elle fait de bel-les remarques, & qu'elle sçaura bien en profiter !

Cacaonne. Vous qui parlez, M. Tintanton, je ne vous aime pas trop ; parce que, quand vous & les au-tres violonneux vous vous mettez à étourdir tout le monde avec vos instrumens, nous sommes tous obli-gez de nous cacher.

Tintanton. Vous n'aimez donc pas la Musique ?

Cacaonne. Je ne l'aime pas, quand elle m'empêche de voir & d'être vûë.

Luiel. Cela étant, puisque vous aimez tant qu'on vous voye, il faut que je propose à nôtre compagnie de vous mettre en la place d'un des

luſtres, entourée d'un grand nombre de chandelles. Alors on vous
verra bien, & vous aurez contente-
ment.

Cacaonne. Taiſez-vous, badin,
vous vous moquez de moy, à cauſe que je ſuis petite; mais vous ne
vous moquerez pas toûjours. Je
deviens tous les jours plus grande.
Je le ſens bien.

Tintanton. Vous allez donc devenir une geante. Ah! qu'alors vous
ſerez aiſe! car on vous verra bien,
& vous verrez par-deſſus tous les
autres.

Cacaonne. Quoy! vous vous mê-
lez auſſi de me railler, M. le vio-
lon! c'eſt bien affaire à vous, vrayment! vous paye-t-on pour cela?
Eſt-ce à vous, qui êtes aux gages
des Comediens, de faire comparai-
ſon avec eux?

Luïel. Elle a raiſon; connoiſſez-
vous mieux, Monſieur Tintanton,
& vous ne vous émanciperez pas
tant.　　(*Tintanton ſe retire.*)

Cacaonne. Il s'en va bien penaut ! aussi merite-t-il d'être traité comme j'ay fait.

Luïel. Vous ne voulez donc pas que je vous apprenne à faire la femme ?

Cacaonne. Je l'apprendray bien moy-même, sans vous. Est-ce que vous voudriez que je vous apprisse à faire l'homme ?

Luïel. Pourquoy non ?

Cacaonne. Hé bien, je ne voudrois pas vous l'apprendre moy ; car il faudroit que je sçûsse de trop vilaines choses.

Luïel. Les hommes sont donc bien vilains ! vous ne pourrez donc jamais les souffrir ?

Cacaonne. Oh ! pour cela, c'est autre chose.

Luïel. Expliquez-vous, je vous prie.

Cacaonne. Adieu, adieu, quand je seray plus grande, je m'expliqueray. A st'heure, je n'oserois pas ; car on y trouveroit à redire.

☞ Bel attelage de deux spectateurs ! c'est d'un Abbé avec un petit-Maître ; l'Abbé s'appelle *Blesmar,*
& le petit-Maître, *Piroüet.*

Blesmar. Ah ! on leve la toile !
(*Il court se placer sur un banc,* Piroüet
le suit, & se place auprés de luy.)

Piroüet. Comme vous courez, M.
l'Abbé ! y a-t-il plus de mal à ê-
tre au milieu du Theâtre, qu'à
côté ?

Blesmar. C'est que je n'aime point,
comme vous autres Messieurs, à y
faire des piroüettes.

Piroüet. Ah ! que la délicatesse est
reguliere ! encore, si vous disiez,
que, par pudeur, vous ne voulez
pas regarder les Actrices au visage,
ce seroit quelque chose ; il y auroit
là quelque raison raisonnable ; quoyque pourtant elle ne seroit pas trop
valable chez tous ces gens du Parterre, qui vous voyent en un lieu
où vous ne devriez point du tout
être.

Blesmar. Il ne s'agit pas à present

de morale ; il s'agit d'écouter ce qu'on va bien-tôt dire.

Piroüet. Moy ! vous parler morale ! ne sçai-je pas bien que ce seroit peine perduë ? car je croy que vous ne vous en piquez pas.

Blesmar. Nous sommes à deux de jeu.

Piroüet. Oüy ; mais la partie n'est pas égale. A la vûë de nos professions, on exige plus de sagesse de vous, que de moy.

Blesmar. Puisqu'il est permis d'être fou ; soyez-le ; je ne vous en empêche pas.

Piroüet. Vous m'y aideriez même ; n'est-il pas vray ? Abbé faisons amitié ensemble ; nous nous convenons l'un à l'autre ; je t'attends aprés la piece, pour boire bouteille.

¶ Parcourons un peu les Loges & l'Amphitheâtre ; je seray bien trompé , si nous n'y entendons de bonnes Scenes. Voyez-vous *Clavine* , celle qui ouvre les portes des Loges , avec *Marsipeu* , Officier ; &

Tribaine, fon hôteffe ? ouvrons bien les oreilles, afin de ne rien perdre de ce qui fe va dire.

Clavine. Comme vous venez de fort bonne heure, choififfez, toutes les Loges font vuides ; voulez-vous la premiere ?

Marfipeu. Non ; donnez-moy celle du bout, dans un coin.

Clavine. Vous ferez bien éloignez du Theâtre ! vous n'y fongez pas, quand vous me demandez cette Loge.

Tribaine. Et nous ferons trop prés des gens de l'Amphitheâtre.

Marfipeu. Qu'importe ?

Tribaine. Si fet, il importe ; nous ne pourrons dire un mot, qu'on ne nous entende.

Marfipeu. Avant qu'on y foit arrivé, on peut bien dire des chofes dans le monde.

Tribaine. On y vient plûtôt que vous ne croyez ; particulierement, ceux qui ont des billets qu'on leur donne gratis ; ils ont tant de peur que l'occafion leur échape, qu'ils y viennent le plûtôt qu'ils peuvent.

Clavine. Hé bien, Monfieur, voulez-vous entrer dans cette Loge? oh! il faut que je vous aime bien, pour vous la donner!

Marfipeu. Puifqu'elles font toutes vuides, il me femble que vous ne me faites point de grace.

Clavine. Pardonnez-moy, c'eft une grace pour ceux qui viennent fitôt. Là, là, entrez-y donc. Il y a bien long-temps, que je ne vous ay vû! oh! vous êtes un coureur! je le vois bien, vous nous abandonnez pour quelque chofe qui ne vous réjoüit peut-être pas tant, & qui vous coûte plus. Ne voulez-vous pas renouveller connoiffance?

Tribaine. Madame, dites la verité; n'eft-il pas vray, que M ne vient point icy, fans quelque jolie compagnie?

Clavine. Pour qui me prenez-vous? pour une efpionne de ce que n'ay je que faire? J'aurois franchement

ment trop d'ouvrage ; j en ay déja bien affez. Quoy! m'occuper à examiner fi les Dames qui viennent icy avec les Meſſieurs , font jolies ou non ! hé à quoy cela me ſerviroit-il ?

Tribaine. Du moins vous ſçavez bien s'il y vient avec des femmes ; il ne faut pas une grande application d'eſprit pour cela.

Clavine. Luy? oh ! c'eſt le plus indifferent mortel que je connoiſſe. Il vient toûjours ſeul ; c'eſt une eſpece de ſauvage. Je croy que les femmes luy font peur. Je ſuis aſſûrée , que , puiſqu'il eſt venu avec vous , il faut que vous ſoyez du moins ſa ſœur.

Marſipeu. Tenez, Clavine, voila pour renouveller connoiſſance. (*Il luy donne quelque argent.*)

Clavine. Je vous remercie, Monſieur ; je ne vous ameneray compagnie, pour remplir la Loge , que le plus tard que je pourray, afin que vous ne ſoyez pas ſi-tôt preſſé ;

II. Part. G

car il fait bien chaud. (*à Tribaine.*)
Aimez, je vous prie, & traitez bien
un si bon frere; il le merite. (*Elle s'en va.*)

Tribaine. Que cette drôlleffe-là
entend bien le manége, & qu'elle
en sçait long ! vous l'avez renvoyée
bien vîte, de peur qu'à la fin, je ne
la fifle jafer.

Marfipeu. Tay-toy, jaloufe.

Tribaine. Il me paroît, que vous
sçavez bien les êtres de ceans, &
que vous y venez bien des fois,
fans m'y appeller.

Marfipeu. Eft-ce que tu veux quereller? nous ne fommes pas venus
icy pour cela, tu le fçais bien, il
me femble, que nous avons autre
chofe à dire.

Tribaine. Hé bien difons donc ;
mais fort bas...

* J'ay vû entrer dans une Loge
Mouftonne, la fille d'un Avocat, avec
Lombaine fa fœur, elles y font feu-
les ; allons les écouter.

Mouftonne. Cela eft bien vilain à

nos deux Meſſieurs , de tarder tant
à venir !

Lombaine. J'en ſuis dans une impatience mortelle ; car , s'il vient
quelqu'un , nous ne pourrons jamais
garder leurs places.

Mouſtonne. S'il vient des hommes,
peut-être auront-ils la complaiſance de ne s'y pas mettre , quand nous
aurons dit , que nous les gardons ;
mais , pour des femmes , elles ne ſeront pas ſi complaiſantes.

Lombaine. Elargiſſons-nous le plus
que nous pourrons ; étendons nos
écharpes avec nos coudes , afin qu'il
paroiſſe , que nous ſommes ſi larges,
que d'autres ne pourroient reſter
ſur ce banc avec nous ſans être in-
commodées ; car il ne s'a. it pas icy
de nous piquer de belle taille.

Mouſtonne. Oh ! Dame ! ma ſœur,
tu fais auſſi trop le pot à deux an-
ſes ; comme te voila ! Je croy...

Lombaine. Ecoute, j'entends quelqu'un qui vient ; apparemment, ce
ſont nos gens.

G ij

Clavine (*ouvre la porte & dit à l'Abbé Goguet*) placez-vous, Monsieur l'Abbé, auprés de ces belles Dames; elles ne seront pas fâchées d'avoir la compagnie d'un si joly homme.

Goguet. Mes Dames, ne vous incommoderay-je point ?

Lombaine. Monsieur, nous attendons quelques personnes, dont nous gardons les places.

Clavine. Oh ! il n'y a personnes qui tiennent; il y a deux places vuides à côté de vous; il faut, s'il vous plaît, que je les remplisse.

Meustomme. Hé bien, nous allons les payer.

Clavine. Cela ne se fait pas comme vous dites, il s'en faut bien ; on ne retient pas pour deux places ; il faut retenir toute la Loge, ou rien ; voyez ce que vous voulez faire ; vous n'avez qu'à dire, sinon laissez entrer Monsieur l'Abbé.

Goguet. Non, non, Clavine; je sçay trop bien, que deux Dames qui attendent compagnie , seroient tres-mortifiées, si elles s'en privoient pour un inconnu. Placez-moy , s'il vous plaît ailleurs.

Clavine. Je le veux bien ; venez ; adieu, mes Dames, jusqu'au revoir.

Lombaine. Nous voila déja bien tirées d'embarras pour cette premiere fois ; mais gare la seconde tentative ; car Clavine m'a bien la mine de ne nous pas ménager.

Mouslonne. Nous avons bien mal-fait en entrant ; nous devions luy engourdir un peu la main par quelque piece, afin qu'elle ne fût pas si prompte à ouvrir , sans nôtre consentement.

Lombaine. Mais qui se seroit attendu à une si indigne négligence de nos gens ? Si je croyois mon courage , je leur fermerois la porte au nez , quand ils viendront.

Mouslonne. Donne-t-en bien de garde ; les hommes sont rares ; quand on en a, il faut les bien garder ; car on n'en a pas à choisir.

G iij

Les nôtres font apprivoifez dans la maifon; mon pere les fouffre, fans foupçonner; tu fçais combien il nous a coûté de manéges pour cela; juge, fi nous les venions à perdre, quelles nouvelles peines il nous faudroit prendre, pour en apprivoifer d'autres, fans être affûrées de réüffir. Aprés cela, croy-moy, nous...

Lombaine. Autre vifite qui nous vient; & je croy, malheureufement pour nous, que ce font des femmes.

Clavine. (*avec Mafcanne, & Groffe mine, femmes de Maltôtiers*) mes Dames, preffez-vous, s'il vous plaît, pour faire place à ces Dames.

Mouftonne. Hé, ne voyez-vous pas que, de la groffeur qu'elles font, elles ne peuvent refter icy, fans nous applatir comme des folles?

Mafcanne. Toutefois, nous nous placerons auprés de vous.

Groffe mine. Si nous vous applatiffons, vous en aurez encore la taille plus fine & plus belle. (*Elles fe placent.*)

Mascanne. Vous nous pouffez bien, mes Dames ! oh ! en voulez-vous par là ? hé bien, voyons qui pouffera le mieux ; j'y confens ; vous allez voir beau jeu.

Lombaine. Cela eft bien mal-honnête, de venir ainfi tourmenter deux filles comme nous !

Mascanne. Mefdemoifelles, croyez-moy, ne pouffons plus, vous n'y trouveriez pas vôtre compte ; l'eſſay que vous venez d'en faire, vous le doit perfuader.

Mouftonne. Il n'y a qu'à vous voir auprés de nous, pour s'y attendre.

Mascanne. Il eft vray, que nous avons beaucoup de chair ; mais tout le monde ne peut pas n'être compofé que d'os.

Groffe mine. Si vous attendez des femmes, nous aurons la complaifance de leur ceder ; mais fi ce font des hommes, ils fe tiendront, s'il leur plaît, derriere nous.

Lombaine. C'eſt ce que c'eſt ; nous

ne fommes pas obligées de vous en rendre raifon.

Mafcanne. Nous le fçaurons avec le temps.

✣ Tournons de l'autre côté , pour entendre les difcours de quatre Marchandes , qui font placées dans la cinquiéme Loge des premieres ; je croy, qu'elles en diront de bonnes ; on les appelle, *Dorane* , *Mirmine* , *Danzaine* , & *Frionne.*

Dorane. Ah ! que cela eft defagreable ! on n'eft plus éclairé icy ; on ne nous verra pas. De quoy s'eft-on avifé d'ôter les luftres ? ils étoient fi commodes pour celles qui étoient dans les Loges !

Mirmine. Il m'arrive une pauvre fois l'an de venir à la Comedie ; je m'étois accommodée, on ne peut pas mieux, afin de me montrer avec ce que j'ay de plus beau ; & cependant, je puis dire, que j'y fuis venuë aujourd'huy *Incognito.* Mon mary qui doit fe trouver au Parterre , fera bien fâché , quand il verra ,

qu'on ne remarquera point fa chere petite femme.

Danzaine. Pour le mien, il n'a
pas cette curiofité.

Frionne. Ny le mien aufli ; il aime
mieux aller joüer à la boulle.

Mirmine. Quelle piece joüe-t-on
aujourd'huy ? le fçavez-vous ?

Dorane. Pour moy, je ne le fçay
pas.

Danzaine. Ny moy.

Frionne. Ny moy aufli ; que m'importe ? Je ne viens à la Comedie ,
que pour montrer, que j'y vais.

Mirmine. Je voudrois que ce fût
une de ces drôlles de Comedies ,
où l'on rit depuis le commencement
jufqu'à la fin.

Dorane. Moy, j'aime ces Comedies tendres, qui font pleurer.

Danzaine. Je me pafferay bien de
celles-cy ; mon yvrogne de mary me
fait affez pleurer chez nous.

Frionne. Ah ! que je voudrois bien
qu'il y eût des machines ! il n'y a
rien qui foit fi beau à mon goût.

Mirmine. Pour moi, cela ne me réjoüit point ; car on dit, qu'il faut avoir l'esprit bien bourgeois, pour y prendre plaisir.

Dorane. J'ai bien soif ! je voudrois que le limonadier passât par icy.

Danzaine. J'ai bien soif aussi ; mais je me garderai bien de boire. La derniere fois que je vins icy, j'en bus tant, que ceux qui étoient au dessous de ma loge, ne s'en apperçurent que trop. Je ne me suis jamais trouvée si honteuse. Je voulus faire tomber la confusion sur celles qui étoient avec moi : mais j'eus beau faire & beau dire ; on m'avoit veu trop boire, pour douter que je ne fusses la source de l'innondation. Je m'imaginois, autant de fois qu'on rioit, quand les drôlles de personnages étoient sur le theatre, que c'étoit de ce que j'avois fait, & non pas de ce qu'ils avoient dit.

Danzaine. Je mourrois de chagrin, si un tel accident m'étoit arrivé.

Mirmine. Ah ! voilà la toile levée.

On va bien-tôt commencer. Que je voudrois bien découvrir dans le parterre, l'endroit où est mon petit mary !

Dorane. Avancez-vous le plus que vous pourrez hors de la loge ; vous aurez deux profits ; vous le verrez mieux, & les autres vous verront.

Mirmine. La malicieuse !

Frionne. Comment est-il habillé ?

Mirmine. Il a son bel habit de couleur de caffé & sa belle veste d'or ; celle qu'il porte, quand il va dans l'œuvre. Ne le voyez-vous point ?

Frionne. Non, il y a trop de monde, & on ne voit pas assez clair pour cela.

Mirmine. Je connois le fils de la nourrice de l'enfant de l'oncle d'un Comedien. Ah ! assurement je ferai ensorte par-là d'obtenir qu'on remette les lustres.

Dorane. Ne causons plus ; écoutons, si nous pouvons, afin du moins qu'on croye que nous y entendons finesse.

Frionne. Au contraire ; j'ai ouï dire, qu'il est du bel air de ne pas
écouter.

☞ Viste, viste, allons d'un autre côté ; je vois arriver une famille entiere que je connois. *Cla-*
vine. Va placer toute cette troupe ; ceci vaudra une petite comedie,
ou je suis bien trompé. Afin de vous
mettre au fait, je vais vous faire
connoître tous ces personnages. Le
pere de toute cette famille, & que
vous voyez-là, est un bon bourgeois
qui s'appelle *Trumeon* ; voici *Mada-*
me Trumeon, sa femme ; *Jeanneton*,
sa fille aînée ; *Babiche*, sa fille cadette ;
Charlot, son fils ; *Graffouin*, Precepteur de Charlot ; *Colin*, son neveu ;
Julienne, sa servante ; *Jasmin*, son laquais ; & ainsi les voilà neuf ; certes la loge sera bien remplie !

Clavine. Je sçai, Monsieur, que
vous avez retenu & payé une loge ;
toute cette suite-là est-elle de vôtre
compagnie ?

Mr Trumeon. Oüi, ma chere en-

fant, oüi, c'est ma famille toute entiere ; je l'ai amenée aujourd'huy ,
afin de n'en pas faire à deux fois.
Voilà Madame Trumeon ma femme , bonne femme , s'il y en eut,
quand elle le veut , & de joviale humeur, quand la fantaisie lui en prend ;
voilà Jeanneton ma fille aînée , fille
toûjours élevée sous l'aisle de sa mere, & qui n'en sort point, que pour
aller chez une bonne amie, encore
veux-je empêcher bien-tôt cela , à
cause des bons amis. Voilà Babiche ,
ma fille cadette, bien émerillonnée,
comme vous voyez , & avec un nez
fort tourné à la friandise ; aussi a-t-
on bien soin de la tenir de court ;
elle babille comme une pie. Voilà
Charlot, mon fils qui a déja appris
par cœur tout son rudiment ; je lui
achetai hier un despautaire ; il faut
voir comme il croque cela ; je m'attends , qu'il l'aura bien-tôt expedié ;
il n'a pourtant pas encore la clef de
ses chausses, & je ne croi pas, qu'il
l'aye si-tôt. Voilà Mr Grassouin, son

Precepteur, homme fort sçavant, à ce qu'il nous a dit, & je le sçai par experience ; car je l'ai fait expliquer du Latin de mes heures, il l'a mis en François tout comme il est, ou peu s'en faut, dans d'autres heures que j'ai ; j'espere, que nous le garderons long-temps ; car il mange bien & boit le même ; ce n'est pas que je le lui reproche; au contraire, j'aime mieux voir courir au pain qu'au Medecin. Voilà Colin, mon neveu ; il est un peu niais, nous esperons, qu'il ne le sera pas toûjours ; il y a dans nôtre montée de certaines petites voisines, où il va souvent, qui le déniaiseront bien-tôt, en tout bien & en tout honneur, s'entend ; car dans ma famille, nous n'aimons ni l'ordure, ni la gravelure ; Julienne, ma servante que voici, le sçait bien. Voilà Jasmin, nôtre laquais, cadet de haut appetit ; qui ne laissera rien gâter, pour peu qu'on le laisse faire ; & si je ne le....

Clavine. Entrez donc, Mr Tru-

meon, Madame Trumeon, Mr Graſſoüin, Julienne, & toute la belle famille , placez-vous du mieux qu'il
vous ſera poſſible ; mettez-vous au
large, ſi vous pouvez. Voilà aſſurément voiture pleine. (*Elle s'en va.*)

Mr Trumeon. (*A ſon fils*) Charlot,
avez-vous pris vos précautions avant
que de venir ici ?

Charlot. Oüi , mon pere ; j'ai apporté mon goûté avec moi , deux
groſſes poires, un bon morceau de
pain, que ma mere m'a donné. Voyez
plutôt. (*Il montre ſes poires & ſon*
pain.)

Mr Trumeon. Ce n'eſt pas cela que
je veux dire ; je demande ſi vous
avez fait de l'eau. M'entendez-vous
bien à préſent?

Graſſoüin. Oüi , Mr ; j'ai pris ce
ſoin, &, afin de l'y exciter , j'en ai
fait moi-même ; mais c'eſt à Meſde-
moiſelles vos filles qu'il faudroit demander cela.

Babiche. Meſlez-vous , Mr Graſſoüin , de donner le foüet à mon

frere, & non pas de ce qui nous regarde ma sœur & moi. C'est bien à
vous vrayement à mettre le nez dans
les necessitez des filles !

Mr Trumeon. Tu as toûjours mail-
le à partir avec Mr Grassoüin, Babiche ; d'où vient cela ?

Babiche. Demandez-le à lui-même ; il peut vous en informer, car
il le sçait bien.

Grassoüin. Moi ! je ne sçai rien.

Janneton. Cela peut bien être, que
vous ne sçayez rien.

Madame Trumeon. Hé bien, est-ce
que nous sommes venus ici, pour
nous quereller ?

Mr Trumeon. Laissons ceci, nous
nous en éclaircirons en temps & lieu.
Mr Grassoüin, avez-vous déja été à
la comedie ?

Grassoüin. J'en ai vû autrefois joüer
chez nous dans les ruës.

Julienne. Par ma fi, j'en ai vû aussi,
à telle enseigne que j'y ai bien ri.
Quoi ! ce que nous allons voir est
donc comme çà ?

Mr

Mr Trumeon. Idiote ! vraiment tu verras bien autre chofe !

Julienne. Y vendra-t-on des muf-cadins & des pommes de fenteur ?

Mr Trumeon. On y vendra de la merde ; voyez la bête, qui croit, que je l'amene ici pour voir des bâ-teleurs ! il faudroit que j'eulſes bien de l'argent inutile à dépenſer !

Charlot. Vous venez de dire là un bien vilain mot, mon pere, vous n'avez donc point eu de Précepteur ; car ſi Mr Graſloüin m'avoit enten-du dire cela, je ne l'aurois pas por-té loin, je vous aſſure.

Mr Trumeon. (*Lui donnant un fouf-flet,*) tien, va porter cela où il te plaira, & apprends à ne point faire de réprimendes à ton pere.

Madame Trumeon. Pourquoi bat-tez-vous cet enfant ; n'a-t-il pas rai-ſon ?

Mr Trumeon. Vous vous en meſlez auſſi, ma femme ? oüais ! qu'eſt-ce que ceci ? à la fin je ferai des mien-

II. Partie. H

nes, & on s'en repentira plus qu'on ne croit.

Graffoüin. Je meritois ce soufflet plutôt que lui, car....

Jeanneton. (bas) cela est vrai, & il n'a jamais si bien dit.

Graffoüin. car, s'il vous a répri- mendé, c'est à cause des sages in- structions que je lui ai données.

Mr Trumeon. Quoi ! vous instrui- sez mon fils à me faire des répri- mendes ! hé, que ne me les faites- vous vous-même ? jugez par la ma- niere avec laquelle je l'ai traité, comment vous y seriez reçû.

Babiche. Allons, courage, Mr Graffoüin, faites des réprimendes à mon pere ; voyons ce que vous sça- vez dire, en voici une belle occa- sion.

Colin. Je croyois, que nous ririons ici comme tout ; je suis bien éloigné de mon compte ! comment ! on y gronde tout comme chez nous. *(On ouvre la porte de la loge pour le Limonadier.)*

Jasmin. Que voulez-vous ? oh ! on n'entre pas comme çà ; attendez dans l'antichambre, (*à Mr Trumeon.*) Mr, on vous demande.

Mr Trumeon. Qui donc vient me relancer jusqu'ici ? ah ! c'est de la limonade ! çà, plus de querelle ; beuvons ensemble, mes enfans. (*Il leur fait donner à tous un verre de limonade :*)

Graſſoüin. Cela coule comme lait !

M. Trumeon. Julienne, qu'en dis-tu ?

Julienne. Cela est bien bon ! je voudrois par plaisir voir la fontaine de ma cuisine ne piſſer point d'autre eau.

Mr Trumeon. Et Mr Graſſoüin qu'en pense-t-il ?

Graſſoüin. Je vous ai déja dit, que cela coule comme lait ; mais je pense, que le vin vaut bien la limonade tout-au-moins, combien vous coûte un verre de cette eau sucrée ?

Mr Trumeon. Cinq ſols, c'est le prix

courant ; on n'en donne pas à meilleur marché.

Graſſoüin. Ah ! Mr ; que ne me
donniez vous plutôt en argent le
verre que j'ai bû ? j'en aurois mieux
fait mon profit.

Mr Trumeon. Fi ; faut-il qu'un
homme comme vous , ſoit ſi inter-
reſſé ?

Babiche. Apparemment il apprend
à mon frere à l'être ; voilà les belles inſtructions qu'il lui donne ; car
ce petit vilain nous prend à ma ſœur
& moi tout ce qu'il nous peut attraper.

Charlot. Vous en avez menti , &
tous ceux qui le diront comme vous ,
entendez-vous bien ?

Mr Trumeon. Comment fripon ,
donner ainſi hardiment un démenti
à ta ſœur en préſence de ton pere
& de ta mere !

Graſſoüin. (*D'un ton de pedant*)
l'honneur eſt le plus grand de tous
es biens , puiſqu'on expoſe tous les

jours les autres biens , comme
les richesses & la vie , pour l'ac-
querir , ou le conserver. Or , Mr ;
Mademoiselle Babiche a voulu ra-
vir l'honneur à Charlot , vôtre fils
& mon éleve , en l'accusant d'être
un larron ; donc....

Mr Trumeon. Donc , Mr Grassoüin,
vous voulez conclure de ce beau raisonnement, que Charlot ne doit porter ni honneur ni respect à son pere
& à sa mere. Est-ce-là ce que vous
lui apprenez ? est-ce pour cela , que
je vous donne de bons gages , de
bonnes étrennes , sans compter la
demie douzaine de colets que je
vous achetai dernierement à la foi-
re ? sont - ce là les consequences
que le Latin fait tirer ?

Grassoüin. Les Auteurs les plus
celebres , & dont les écrits nous re-
stent, tant Grecs que Latins, disent
que....

Mr Trumeon. Tous ces Auteurs
sont des sots , s'ils disent ce que vous
dites.

Madame Trumeon. Nouvelle querelle ! à ce que je vois , il ne vous a de rien servi de boire enfemble.

Julienne. Oh ! c'eft que , ce que j'avons bû, ne met pas en fi bonne humeur, que le vin.

Mr Trumeon. Elle a raifon & nous avons grand tort ; ça, puifque nous allons voir la comedie, parlons-en ; cela vaudra mieux , & nous divertira davantage ; Mr Graſſoüin, point de rancune ; réjoüiffez - nous un peu par vôtre fçience. Apprenez-nous, je vous prie, pourquoi la comedie eft appellée comedie. Ecoute, Babiche, toi qui lui en veux tant , tu vais apprendre de lui ce que tu n'as jamais fçû , & ce que moi-même , qui fuis ton pere , ne pourrois pas te dire.

Julienne. Ah ! Jarnonffe ! que je feray bien aife de fçavoir auffi çà !

Colin. Eft-ce que Monfieur Graſſoüin le fçait ? il faut donc qu'il ait été Comedien.

Jaſmin. Cela peut bien être, s'il

eſt vray, comme on dit, que les
Comediens ſont de drôlles gens :
car Monſieur Graſſoüin eſt le plus
drôlle d'homme qu'on ait jamais
vû. Quand il eſt avec les petites
voiſines de la montée, il met quelquefois leurs coëffes, elles courent
aprés luy, il les prend par la main,
& danſe en femme, on ne peut pas
mieux. L'autre jour il s'étoit mis
des mouches par tout le viſage :
oüy, il n'y avoit rien de ſi plaiſant ;
j'en créve de rire, quand je m'en
reſſouviens.

Janneton. Ah ! vous rougiſſez, Monſieur Graſſoüin, vous rougiſſez ! cela ſignifie quelque choſe.

Graſſoüin. Je rougis, parce que
la pudeur eſt la livrée de la vertu.
Et ainſi, cela ſignifie, que je ſuis ſa-
ge, & que vous ne devez point a-
joûter foy à ce que dit ce petit im-
pertinent.

Mr Trumeon. Ne tournons point
la truye au foin, venons à ma queſtion. Dites-nous pourquoy on ap-

pelle Comedie ce que nous allons bien-tôt voir reprefenter ?

Graffoüin. Ce mot vient de *Comus* Dieu des feftins, & de *dies*, mot Latin qui fignifie jour · cela veut dire, que c'eft une chofe fort divertiffante, que de feftiner tous les jours.

Julienne. Oh ! oh ! nous allons donc voir faire bonne chere ; ferons-nous du regal ?

Babiche. Oüy, tu y laveras les écuelles.

Jafmin. Et moy, j'y fervirai donc à boire ; je gagerois que ce camus dont Monfieur Graffoüin vient de parler, aura bien garni le buffet, & qu'il n'y regardera pas de fi prés que nôtre Maître.

Graffoüin. L'ignorant avec fon Camus ! j'ay dit, *Comus*, le Dieu de la bonne chere, & non pas camus; entends-tu bien ?

Babiche. Sans doute, Monfieur Graffoüin fera un de ceux qui joüeront la Comedie, puifqu'on y fait feftin.   *M.*

Mr Trumeon. Taisez-vous , mor-
veuse, il n'y a ici que pour vous à
babiller. Je suis fort content de vôtre réponse, Mr Grassoüin , je croi,
qu'en effet, il n'y en a point d'autre à donner , puisque je n'en vois
point qui puisse être meilleure. Que
n'ai-je étudié ! que je veux de mal
à mes parens de ne m'avoir pas pro-
curé ces grandes connoissances ! vous
ne vous attendiez pas à ma question,
n'est-il pas vrai ?

Grassoüin. Oh ! on ne me prend
point sans verd , je ne suis point au
dépourveu.

Mr Trumeon. Encore une petite
question ; cela nous amusera , en
attendant qu'on leve la toile. Pourquoi joüe-t-on les Comedies sur les
Theatres ? vous voyez , que je ne
vous ménage pas ; je vais aux choses les plus difficiles ; car je croi,
qu'il faut bien sçavoir l'histoire pour
résoudre cette difficulté.

Grassoüin. Oh! pour cela , il n'y
a rien de si aisé , un enfant le diroit.

I I. Partie. I

pelle Comedie ce que nous allons bien-tôt voir reprefenter ?

Graffoüin. Ce mot vient de *Comus* Dieu des feftins , & de *dies*, mot Latin qui fignifie jour . cela veut dire , que c'eft une chofe fort divertiffante , que de feftiner tous les jours.

Julienne. Oh ! oh ! nous allons donc voir faire bonne chere ; feronsnous du regal ?

Babiche. Oüy , tu y laveras les écuelles.

Jafmin. Et moy , j'y fervirai donc à boire ; je gagerois que ce camus dont Monfieur Graffoüin vient de parler, aura bien garni le buffet , & qu'il n'y regardera pas de fi prés que nôtre Maître.

Graffoüin. L'ignorant avec fon Camus ! j'ay dit, *Comus*, le Dieu de la bonne chere , & non pas camus ; entends-tu bien ?

Babiche. Sans doute , Monfieur Graffoüin fera un de ceux qui joüeront la Comedie , puifqu'on y fait feftin. *M.*

Mr Trumeon. Taifez-vous, mor-
veufe, il n'y a ici que pour vous à
habiller. Je fuis fort content de vô-
re réponfe, Mr Graffoüin, je croi,
qu'en effet, il n'y en a point d'autre à donner, puifque je n'en vois
point qui puiffe être meilleure. Que
n'ai-je étudié ! que je veux de mal
à mes parens de ne m'avoir pas pro-
curé ces grandes connoiffances ! vous
ne vous attendiez pas à ma queftion,
n'eft-il pas vrai ?

Graffoüin. Oh ! on ne me prend
point fans verd, je ne fuis point au
dépourveu.

Mr Trumeon. Encore une petite
queftion ; cela nous amufera, en
attendant qu'on leve la toile. Pourquoi joüe-t-on les Comedies fur les
Theatres ? vous voyez, que je ne
vous ménage pas ; je vais aux chofes les plus difficiles ; car je croi,
qu'il faut bien fçavoir l'hiftoire pour
réfoudre cette difficulté.

Graffoüin. Oh ! pour cela, il n'y
a rien de fi aifé, un enfant le diroit.

Quand vous me faites ces demandes, c'eſt....

Mr Trumeon. Point du tout ; c'eſt tres-ſerieuſement. Nous allons voir comment vous vous en tirerez.

Graſſoüin. On joüe les Comedies ſur les Theatres, parce qu'il ſeroit inutile de les joüer deſſous ; car on n'y verroit rien.

Mr Trumeon. Il faut que je ſois bien bête, pour que cela ne me ſoit pas venu dans l'eſprit ! ſi jamais je vous fais des queſtions, je vous aſ-ſure, que je les examinerai bien au-paravant, pour voir ſi je ne pour-rai pas y répondre moi-même ; Ba-biche, entends-tu bien tout cela ?

Babiche. Oh ! qu'oüi, je l'entends bien, & je ne m'en ſoucie gueres. J'aime mieux voir la Comedie, que de ſçavoir pourquoi elle s'appelle Comedie, & pourquoi on la joüe ſur des Theatres. Dans tout cela je ne vois pas le moindre mot pour rire.

Graſſoüin. Que vous me faites de pitié, Mademoiſelle Babiche !

Babiche. Pour moi, vous ne me

faites point d'envie, Mr Graſſoüin.

Colin. Mon oncle, je voudrois bien auſſi vous faire une queſtion.

Mr Trumeon. Ah! voici du plus fin. Voyons, pour la rareté du fait, quelle eſt cette queſtion. J'aime à voir que tu tâches de montrer de l'eſprit. Hé bien, de quoi s'agit-il ?

Colin. Vous venez de dire tout-à-l'heure, que cela nous amuſeroit en attendant qu'on leve la toile. Eſt-ce qu'il y a ici des Lingeres, & que vous nous allez lever de la toile pour nous faire des chemiſes ?

Mr Trumeon. Oh! pour le coup, je ne croi pas, qu'on ait jamais fait une queſtion auſſi impertinente que la tienne, bête que tu es! cette toile, dont j'ai parlé, eſt celle qui eſt là devant tes yeux ; regarde cette grande toile que le vent fait un peu remuer. Quand on voudra commencer la Comedie, on la levera juſqu'en haut, auſſi loin qu'elle pourra monter, & nous verrons le Theatre qu'elle cache.

Colin. Quoi ! le Theatre eſt derriere ? moi, je m'imaginois, que le
Theatre n'étoit autre choſe, que
tous ces petits trous de chambres,
qui ſont vis-à-vis de nous, & que
ceux que j'y vois entrer, joüeroient
là la Comedie.

Mr Trumeon. Ne vois-tu pas, que
ce ſont des loges ſemblables à celle
où nous ſommes, pour y placer les
ſpectateurs ?

Colin. Spectateurs ! pardonnez-
moi, mon oncle, ſi je vous dis, que
je ne connois point cela.

Mr Trumeon. Les ſpectateurs ſont
ceux qui, comme nous, viennent
voir & entendre tout ce que feront
& diront les Comediens.

Colin. Ah ! j'y ſuis à préſent. J'entends cela. Quel plaiſir ! car je ſe-
rai ſpectateur ; on ne m'appellera
donc plus Colin.

Mr Trumeon. Tai-toi, tu ne ſçais
ce que tu dis, tu n'as pas le ſens
commun.

Madame Trumeon. Mr Trumeon,

il me semble , qu'il nous en coûte bien de l'argent aujourd'hui.

Mr Trumeon. Va, va ma femme ; cela n'arrive pas tous les jours. Il y a plus de six mois que je mets petit-à-petit cet argent à part , afin que je ne m'en apperçoive pas. Il n'y a de surcroît , que celui que j'ai dépensé pour la limonade , parce que je ne m'en étois pas avisé.

Madame Trumeon. Cela ne laisse pas d'aller loin ; car neuf verres à cinq sols, font quarante-cinq sols.

Julienne. Oh ! vrayment , vous n'êtes pas ici dans vôtre cuisine , pour y regarder de si prés.

Madame Trumeon. Pour toi , tu es toûjours prête à faire large courroye du bien d'autrui.

Mr Trumeon. Taisez-vous tous, on leve la toile ; ouvrez tous tant que vous êtes vos yeux & vos oreilles de toutes vos forces, afin que du moins mon argent ne soit pas tout-à-fait perdu. Vous Mr Grassouïn, je vous prie d'expliquer à Charlot

& à Colin ce qu'ils ne compren-
dront pas.

¶ Deux coquettes, c'est *Saphone*
& *Laïne*, toutes deux enfemble &
feules dans une loge ; fçachons ce
qu'elles vont dire.

Saphone. Oüais ! les hommes nous
abandonnent bien aujourd'hui ! il
ne nous eſt point encore arrivé de
reſter feules dans une loge. Où eſt
le temps, que tant de jolis hommes
venoient ici caracoler & faire la
roüe autour de nous ?

Laïne. Il eſt vrai, que voila un
grand changement. Remarques-tu
comme toutes les femmes nous regardent ? il femble, qu'elles foient
ravies de nous voir dans une telle
folitude au milieu d'une fi belle af-
femblée.

Saphone. Ah ! regarde ; eſt-ce que
je me trompe ? voilà aſſurément nôtre jeune Marquis dans le parterre.

Laïne. Où donc ?

Saphone. Là-bas dans ce coin.

Laïne. Oüi, vraiment ; c'eſt lui.

Saphone. Nous voir feules ici , & ne pas venir nous tenir compagnie! cela m'étonne.

Laïne. Eſt-ce que tu le receus mal hier ?

Saphone. Point du tout ; au con- traire ; il me quitta en me faiſant toutes les amitiez poſſibles , auſquelles je répondis de mon mieux. Il me laiſſa même une tres-belle chaîne d'or pour mettre en la place du cor- don qui tient à la montre qu'il m'a donnée.

Laïne. Il te regarde , & fort ten- drement ; voi comme il te minau- de ; minaude-le donc auſſi à l'écha- pée.

Saphone. Pourquoi ne vient-il donc pas ? il y a là-deſſous quelque myſtere cach é

Laïne. Il ne pourroit aſſurément venir plus à propos, pour nous ven- ger des ricaneries de ces femmes.... Ah ! voilà le myſtere découvert ; nous n'avons plus beſoin de nous tourmenter, pour le deviner.

I iiij

Saphone. Quoi donc ?

Laïne. Vois-tu sa riche tante dans une loge au dessus de lui ?

Saphone. Oüi ; c'est-là justement ce qui le retient, il craint qu'elle ne le voie avec nous.

Laïne. Apparemment toutes les tantes & toutes les meres des hommes sont ici, puisque pas un n'ose nous approcher.

Saphone. A dire vrai, si elles étoient logées proche nôtre maison, cela ne nous accommoderoit pas.

Laïne. Hé, va, va, elles auroient beau faire ; nous en gobberions toûjours quelques-uns.

Saphone. Enfin, pour aujourd'hui, la Comedie finira, sans que nous en ayons un seul.

Laïne. Consolons-nous, puisque nous ne pouvons mieux faire, pourvû qu'ils se viennent prendre aux trébuchets qui sont chez nous, n'est-ce pas assez ?

Saphone. C'est le principal ; car, pour ici, il n'y a que quelques petits gains à faire pour nôtre vanité.

Laïne. Laiſſons ſortir la tante a-
vant nous, afin que nous ne la ren-
contrions pas en nôtre chemin ;
car, ſans doute, le Marquis viendra nous conduire.

Saphone. J'avois la même penſée
que toy.

Laïne. Je n'en doute pas ; nous
ne nous devons rien l'une à l'autre
dans la ſcience & la pratique de
nôtre métier.

Saphone. N'eſt-ce pas demain le
jour de la viſite du caiſſier ?

Laïne. Oüy, il ne faut pas l'ou-
blier, afin que ce ſoir nous pre-
nions nos meſures avec le Commandeur, pour qu'ils ne ſe trouvent
pas enſemble.

Saphone. Allons, voila la tante
ſortie ; je vois le Marquis qui nous
guigne.

¶ Croyez-vous que l'entretien de
Friſtou, ce petit coureur de femmes,
avec *Clavine*, nous réjoüira ? hazar-
dons nôtre attention.

Friſtou. Ma bonne mere, comment va le commerce ? avez-vous groſſe compagnie aujourd'huy ? la chalandiſe donne-t-elle bien?

Clavine. En doutez-vous, petit muguet ? Ne ſçavez-vous pas que toûjours à la premiere répreſentation d'une piece, on créve icy de monde, & que c'eſt dans la preſſe, que ſe font les bons coups?

Friſtou. Je viens de viſiter les troiſiémes Loges, où j'ay trouvé bien des griſettes, que je ne connois point ; ce ſont apparemment des connoiſſances de l'Auteur ; les amours de ces Meſſieurs les Auteurs ſont d'ordinaire fort *griſetez.*

Clavine. Eſt-ce que chacune n'étoit pas avec ſon petit Friſtou ?

Friſtou: Que voulez-vous dire par là ?

Clavine. Oh ! cela eſt bien difficile à deviner ! par Friſtou, j'entends galant, amant, muguet.

Friſtou. Vous êtes toûjours malicieuſe.

Clavine. Et vous, toûjours coureur de femmes. Ce ne font pas d'ordinaire ceux qui en attrapent le plus.

Friftou. Que voulez-vous ? cela m'amufe. Je n'ay rien à faire. Puis-je mieux employer mon temps , qu'auprés du beau Sexe?

Clavine. C'eft donc pour cela , qu'on vous appelle le portier externe de la Comedie; car, à ce qu'on dit, afin de regarder les femmes fous le nez, les unes aprés les autres, vous êtes une heure à la porte , quand on entre , & une autre heure, quand on fort.

Friftou. Excepté aujourd'huy ; car je ne fais que d'arriver du cabaret, où je fuis depuis midy.

Clavine. Avez-vous fait vos vires voltes dans l'Amphiteâtre, en faveur de vôtre abonnage?

Friftou. Oüy , en paffant, pour vous venir trouver ; à telle enfeigne , qu'il m'y a bien paru des non-valeurs. Avez-vous dans vos

Loges bien des gens de connoiſſance, là… de ces gens qu'on appelle de médiocre vertu?

Clavine. Pas mal.

Friſtou. Qui, par exemple?

Clavine. Il y a dans la premiere, Madame * & Madame ** chacune avec ſon couſin. Ces couſins,
entre vous & moy, ne ſont point
du tout de leurs parens ; je fais
pourtant ſemblant de le croire, parce qu'elles me l'ont dit pour cela.

Friſtou. Quand ils ſeroient veritablement leurs couſins; du train que
le monde va , en penſeroit-on
mieux? Qui avez-vous dans la ſeconde?

Clavine. Deux tres-jolies filles ,
avec leur tante.

Friſtou. Et tante qui n'eſt pas de
leurs parentes?

Clavine. Cela s'en va, ſans dire.

Friſtou. Ouvrez-moy cette Loge ;
ces deux belles ſeront cauſe que je
verray la Comedie aujourd'huy ; je
n'en avois pourtant pas deſſein.

Clavine. Oh ! ne vous y allez pas fourrer ; ces oyſeaux-là volent trop haut ; vous n'y pourriez jamais atteindre. Certes ; il leur faut bien d'autres gens , que des Friſtous ! vous voyez, que je vous parle en amie ; car je vous regarde comme un petit moineau que j'aurois élevé à la brochette.

Friſtou. Hé bien, ma bonne mere ; je n'y reſteray, qu'autant de temps qu'il me faudra pour les regarder, & voir ſi elles ſont auſſi jolies, que vous le dites.

Clavine. Il n'y a rien à faire ; je ſçay ce qu'il leur faut & ce qu'il ne leur faut pas ; ce ſont de mes meilleures pratiques ; je ſerois bien fâchée de les perdre.

Friſtou. Je me rends. Et vôtre troiſiéme Loge, quelle marchandiſe contient-elle ? Eſt-elle encore de contrebande ?

Clavine. Deux Dames bien faites ; je ne les connois pas encore bien ; car ne voila que pour la ſeconde

fois qu'elles viennent. La premiere
fois elles vinrent de tres-bonne heure avec deux jeunes hommes d'affez
bonne mife.

Friſtou. Deux Officiers apparemment ?

Clavine. C'étoient donc deux
Officiers du Palais ; car ils étoient en
noir , & ſans épée. On me gratieu-
ſa beaucoup & fort utilement pour
moᵛ. Aujourd'huy les Dames m'ont
traitée de même , en me priant de
ne laiſſer entrer perſonne , que le
plus tard que je pourrois , aprés que
les deux Meſſieurs ſeroient arrivez ;
m'ayant marqué tant de bonté , vous
jugez ſans doute , que je n'iray pas
faire le mal contre le bien.

Friſtou. Et dans cette quatriéme ,
qui eſt-ce qui y eſt ?

Clavine. Un petit garçon & une
petite fille , avec leur Precepteur &
leur Gouvernante.

Friſtou. La Gouvernante eſt-elle un
peu gentille ?

Clavine. Elle eſt des plus jolies

& si jeune, qu'il semble, qu'elle auroit besoin elle-même d'une Gouvernante,

Friston. Oh ! pour cela, j'y pourray entrer ; car je suis bien las d'être sur mes jambes.

Clavine. Oh ! pour cela, vous n'y entrerez point. Reposez-vous sur ma chaise, si vous êtes las. C'est icy une nouvelle & bonne connoissance en plus d'une maniere, qui peut durer long temps, je veux la ménager ; & pour cela n'y mêler que des gens qui ne puissent rien gâter.

Friston. Est-ce que vous avez connu que le pedagogue...

Clavine. Adieu, adieu, voicy pratique, Ah ! que de gens ! comment pourray-je assortir ces nouveaux arrivez avec ceux qui sont en place ? Je ne vais pas avoir un petit embarras !

Friston. Voulez-vous que je vous aide ?

Clavine. Allons, allons, détalez ; vous ne feriez que m'embarrasser encore davantage.

Fristou. Donnez-moy vôtre clef ; je ne feray point d'autre fonction, que d'ouvrir vos Loges.

Clavine. Oüy ! au plus larron la bourse.

Fristou. Je ne déroberay rien.

Clavine. Je le croy ; car je ne laisseray rien en prise.

Fristou. Que vous m'êtes cruelle ! vous n'êtes plus ma mere ; vous ê-tes ma marâtre.

Clavine. Allez-vous-en vîte au Parterre ; & là , lorgnez-moy les Loges de la bonne maniere ; rien ne vous en empêchera.

☞ La compagnie qui vient d'ar-river, c'est Monsieur *Bridor*, vieil-lard marié le jour precedent ; *Ma-dame Bridor*, sa femme & tres-jeu-ne ; *Madame Riouze*, sœur de M. Bridor ; *Lucine* , sœur de Madame Bridor ; *Courdaide*, jeune homme de la nôce, pensionnaire chez le pe-re de Madame Bridor ; *Celiban* , vieux garçon, amy de M. Bridor ;

Fanchi ,

anchi , écolier , fils de Madame
Riouze ; tous dans une Loge.

Monsieur Bridor (*à sa femme*) ma
poule , la Comedie te fera-t-elle
plaisir ?

Madame Bridor. Je n'en sçay rien,
M. car je ne la connois pas ; je ne
sçay point du tout ce que c'est ,
puisque voila la premiere fois que
j'y viens.

Monsieur Bridor. Tu fais trop de
ceremonie avec moy , en m'appel-
ant Monsieur ; puisque je t'appelle
ma poule , tu devrois m'appeller
on poulet.

Madame Bridor. Je sçay trop , M.
le respect que je vous dois , pour en
agir de la sorte. Il me feroit beau
voir vrayment , si je traitois avec
ant de familiarité un homme de
vôtre âge !

Monsieur Bridor. Cela me plairoit
pourtant bien davantage ; car on
n'aime gueres , quand on respecte
ant.

Madame Riouze. Hé , fy , mon fre-

re , rêvez-vous de vouloir vous faire appeller poulet ? pour vieux coq,
patience

Courdaide. Quel mal y auroit-il,
Madame Riouze , fi fa femme l'ap-
pelloit poulet ? ce feroit une marque , qu'elle le croiroit jeune ; &
tant mieux pour l'un & pour l'autre.

Monfieur Bridor. Je vous prie &
vous fupplie, M. Courdaide, autant
que je puis vous prier & vous fup-
plier, de ne vous point mêler de
mes affaires; vous ne me faites pas
même plaifir d'entrer dans mes interêts.

Madame Bridor, (*à M. Bridor,*)
c'eft, M. qu'il veut être de vos a-
mis , comme il l'eft de mon pere.

Monfieur Bridor. Ma poule, je connois fort bien ce qu'il veut être, &
ce qu'il veut que je fois; il n'eft pas
neceffaire que vous me l'appren-
niez.

Celiban. (*à M. Bridor.*) Comment donc ! nôtre amy , qu'eft-ce

que cela veut dire ? Je croy de
bonne foy, que vous commencez
déja à en tenir !

Madame Riouze. Nous n'avons
que faire d'attendre qu'on nous
donne icy la Comedie ; nous commençons aſſez bien à nous la donner nous-mêmes.

Fanchi. Quoy ! ma mere, nous
n'aurons pas d'autre Comedie que
celle-cy ! il n'y auroit pas grand
plaiſir ; car elle eſt bien vilaine ; il
ſemble, qu'on ne veüille faire autre choſe, que gronder.

Monſieur Bridor. Fanchi a raiſon,
& je croy, que ſi je n'y prenois
garde, je courrois riſqué d'en donner long-temps des Comedies, &
ſi vilaines, qu'on me montreroit à
plus d'un doigt.

Lucine. Les vieux ſont fort ſujets
à cela.

Monſieur Bridor. Les jeunes filles
y ſont fort ſujettes en leur maniere ; Mademoiſelle ma belle ſœur ;
elles ont ſouvent beſoin de vieux,

pour les empêcher d'en donner.

Lucine. Ou plûtôt, pour les y exciter.

Madame Bridor. Ah! brifons-là, ma fœur, je vous en prie. Je voudrois que la Comedie fût déja commencée, afin de n'entendre plus tous ces raifonnemens.

Madame Riouze. Hé, de la joye, de la joye, cela vaut mieux. Franchement, du train que nous allons, je crains fort que nous ne finiffions bien triftement nôtre lendemain de nôces.

Celiban. C'eft une chofe bien étrange, qu'à peine la paix d'un ménage peut-elle durer deux jours de fuite! après cela, je me marierois! ah! fi j'en fais jamais rien, je veux que....

Madame Riouze. Çà, çà, voila l'autre avec fa morale. Voila le refrein ordinaire de nos vieux druides de garçons. Qu'arrive-t-il de toutes leurs réflexions fententieufes? le voicy. Aprés avoir bien moralifé fur les chagrins du mariage, pour s'exciter à s'en dégoûter, & à continuer de mener leur vie libertine, fouvent une petite fillette les y plante à l'heure qu'ils y penfent le moins.

Courdaide. Et elle feule femble être chargée de venger fur celuy qu'elle a enrôllé, toutes les femmes qu'il a méprifées ; nous en voyons tous les jours des exemples.

Madame Riouze. (*bas à Courdaide.*) Taifez-vous, vous ; ne fourez point vôtre nez dans tout cecy ; vous êtes trop fufpect ; on eft tout difpofé à vous faire une querelle d'Allemand ; la vieilleffe eft extrêmement chatoüilleufe & acariâtre fur de certains fujets.

Fanchi. Que dites-vous là tout bas à Mr ; ma mere ?

Madame Riouze. Je dis, mon fils, que nous allons bien rire.

Fanchi. Hé pourquoi le dire tout bas ? eft-ce que Mr (*il montre Mr Bridor.*) ne veut pas qu'on rie ?

Madame Riouze. Mon frere voudra tout ce que les autres voudront.

Mr Bridor. Non pas, s'il vous plaît ; je fais des exceptions.

Fanchi. Est-ce que vous en exceptez Madame Bridor, ma tante, & que vous ne voulez pas qu'elle se divertisse, quand elle voudra ?

Lucine. Voyez ce morveux, de quoi il se mesle avec ses interrogations !

Celiban. Si elles ne sont pas à propos, elles sont fort naturelles.

Mr Bridor. Tout ceci durera-t-il long-temps ?

Madame Riouze. Non ; car on va lever la toile, pour nous occuper de quelque chose de meilleur.

Madame Bridor. Tant mieux.

☞ Descendons dans l'amphitheatre. Ah ! voilà des sujets qui meritent bien qu'on les écoute ; je les connois tous ; c'est *Mr Ptipa*, Pâtissier ; *Madame Ptipa*, sa femme ; *Madame Croustille*, blanchisseuse ; *Jeannette*, sa fille ; *Mr Lucignon*, chandellier ; tous entrez gratis.

Mr Ptipa (*bas*) ma femme, il faut
remercier cette Dame qui eſt auprés de toi, d'avoir bien voulu ſe
preſſer un peu, pour nous faire place ; c'eſt peut-être une Dame de
qualité ; j'en ferai autant à ce Mr,
mon voiſin.

Madame Ptipa (*à Madame Crouſtille*) Madame, je vous ſuis infiniment obligée de vôtre bonté ; je vous
en remercie tres-humblement.

Madame Crouſtille. Ah ! Madame,
il n'y a pas de quoi.

Madame Ptipa. Apparemment,
Madame ; c'eſt-là Mademoiſelle vôtre fille ?

Madame Crouſtille. Oüi, Madame ; Jeannette, faites la réverence
à Madame (*elle fait la réverence.*)

Madame Ptipa. Ah ! qu'elle eſt
jolie ! qu'elle eſt bien élevée ! on
voit bien qu'elle appartient à une
mere qui n'épargne rien, pour lui
donner une belle éducation, & qu'elle a le moyen pour cela.

Madame Croustille. Un Comedien que je blanchis , & qui vient souvent chez nous, m'assure, que l'on en pourroit faire quelque chose de bon.

Madame Ptipa , (*changeant de ton.*) Vous êtes donc blanchisseuse ?

Madame Croustille. Oüi , Mdame ; prête à vous rendre service.

Madame Ptipa. Cela n'est pas de refus. Où demeurez-vous ?

Madame Croustille. (*lui donnant un papier.*) Mon adresse est dans ce papier , Madame ; avec mon nom. Vous n'avez qu'à m'envoyer le moindre de vos laquais ; je me rendrai aussi-tôt chez vous.

Madame Ptipa. J'y songerai , j'y songerai.

Mr Ptipa. (*bas à sa femme.*) Qu'est-ce que cette Dame-là ?

Madame Ptipa. (*bas*) C'est une blanchisseuse , & elle croit , que je suis une Dame de qualité. Ne t'ai-je pas bien dit , que si je portois ici mon habit de nôces , on me prendroit ,

droit, à mon air, pour une grande
Dame ?

Mr Ptipa. Pour moi, je n'aime
point cela ; je fuis pâtiffier, & je veux
qu'on me croye pâtiffier ; eft-ce que
c'eft un crime, que d'être pâtiffier ?

Madame Ptipa. Hé, ne parle pas
fi haut, je t'en prie.

Mr Ptipa. (a *Madame Crouftille.*)
Madame ; afin de vous marquer ma
reconnoiffance pour le foin que vous
avez pris de nous bien placer, je
veux vous donner ma pratique &
celle de mes garçons.

Madame Ptipa. (*bas*) Ah quel affront ! le bourreau !

Madame Crouftille. Mr ; vous, Madame vôtre époufe & Mrs vos fils,
ferez tres-contens de moi.

Madame Ptipa. (*bas à fon mari.*)
Je t'en prie, mon petit fils, n'en dis
pas davantage ; car elle eft encore
dans l'erreur, &....

Mr Ptipa. (à *Madame Crouftille.*)
Qu'appellez-vous Mrs mes fils, je n'en
ai point ; mais quatre garçons de

Part. II. L

boutique. Je suis pâtissier en tout bien & en tout honneur, je demeure dans la rue de * * * je vous attends demain matin ; vous n'aurez qu'à demander Ptipa ; tout le monde me connoît dans le quartier. Et vous, comment vous appellez-vous ?

Madame Croustille. Je m'appelle Croustille ; je viens de donner à Madame Ptipa un papier, où il y a mon nom & mon adresse.

Mr Ptipa. Croustille ! assurément ce nom est croustilleux ; ce nom-là seul merite qu'on vous préfere à toutes les blanchisseuses du monde. N'est-il pas vrai, qu'il ne vous en coûte pas plus qu'à moi, pour venir ici ?

Madame Croustille. Oh ! pour cela, il ne m'en coûte rien. Je blanchis un Comedien de nos bons amis, qui m'a donné ce matin un billet pour deux personnes ; il vouloit, qu'au lieu de ma fille, je menasse une de mes voisines avec moi ; mais je ne laisse pas ainsi Jeannette seu.e ;

car je fçay bien, qu'il ne joüera pas aujourd'huy.

Monfieur Ptipa. Mademoifelle Jeannette aime-t-elle bien la Comedie ?

Jeannette. Pas trop. Ceux que j'y vois font trop braves, en comparaifon de moy.

Monfieur Ptipa. Si vous aimez mieux la pâtifferie, venez demain avec Madame vôtre mere ; je vous en feray manger de la meilleure.

Madame Ptipa. (*bas*) Traître! c'eft pour Jeannette, cette petite gueufe-là, que tu viens de me joüer ce tour. Oh ! elle n'a qu'à y venir; tu verras beau jeu.

Monfieur Lucignon. Madame Crouf-tille eft bien glorieufe ! elle ne fait pas femblant de me connoître.

Madame Crouftille. Ah ! je vous prie de m'excufer, M. Lucignon, je ne vous remettois pas. Auffi, pourquoy êtes-vous là envelopé dans vôtre manteau jufqu'aux yeux?

Monfieur Ptipa. (*bas à Madame*

L ij

Crouftille.) Qu'eft-ce que ce Monfieur Lucignon?

Madame Crouftille. (bas.) C'eft un
Chandellier nôtre voifin, qui four-
nit des chandelles à la Comedie.

Monfieur Ptipa. M. J'ay à vous remercier du foin que vous avez pris
de nous placer ma femme & moy
auprés de vous.

Monfieur Lucignon. Ce n'eft rien ,
Monfieur , j'ay fait pour vous ce
que je voudrois qu'on fît pour
moy en pareille occafion. Vous me
voyez icy, comme vous ; parce qu'il
ne m'en coûte rien ; j'entends que
je n'ay point donné d'argent à la
porte pour entrer ; car d'ailleurs ,
il m'en coûte l'attente de beaucoup d'argent que Meffieurs les
Comediens me doivent.

Monfieur Ptipa. Je fuis, à peu prés,
dans le même cas, à l'égard de
deux Comediens. Il fort deux ou
trois fois la femaine de ma boutique , tourtes , bifcuits , macarons ,
& autres denrées de mon métier ,

pour aller dans des troiſiémes &
quatriémes chambres ; & il ſemble,
qu'on ne veüille les payer, qu'en
billets de Comedie.

Monſieur Lucignon. On ne paye pas
le beurre, la farine & le ſuif avec
cette monnoye-là.

Jeannette. Ma mere, eſt-ce une
Comedie pour rire, qu'on joüera
aujourd'huy ?

Madame Crouſtille. Je n'en ſçai rien,
mon enfant.

Monſieur Lucignon. Il y en aura
d'abord une ſerieuſe, Mademoiſelle, & enſuite une pour rire. Laquelle aimez-vous le mieux ?

Jeannette. La ſerieuſe, Monſieur.

Monſieur Lucignon. C'eſt-à-dire,
que vous aimez mieux ces Comedies, où l'on ſoupire d'amour, où
l'on ſe dit de petites choſes tendres
qui chatoüillent le cœur. Si vous
aimez ces Comedies-là, étant jolie, comme vous êtes, vous en
joüerez, & en ferez ſouvent joüer
aux autres.

Madame Crouſtille. Vous voyez , qu'on ſe moque de vous, Jeannette , & on fait bien ; car il ne faut pas qu'une fille diſe comme cela à tout le monde ſes appetits.

Monſieur Ptipa. Cà, çà , Mademoiſelle Jeannette va avoir ſatisfaction ; car on va commencer la piece ſerieuſe.

☞ Entendons à preſent parler le Parterre. Entre pluſieurs Scenes que j'ay remarquées, non pas icy , ny dans ce temps, non plus que celles qu'on vient de lire , en voicy quelques-unes , qui , je croi, ne déplairont pas. Celle-cy , par exemple ; entre *Tripar*, petit-Maître , preſque yvre ; *Burlou* , autre petit-Maître , auſſi preſque yvre ; *Sanbreve* Abbé, & *Lixan*, Peintre.

Tripar. Burlou , mon amy , nous ſommes icy au milieu de bien des Bourgeois ! que ne reſtions-nous là.... là.... où nous étions ?

Burlou. Cela eſt... oüy, cela eſt vray. Ah ! ah ! mes jambes ſont

drôlles!... Hé... Je croi, qu'elles
font laſſes de me porter. Tripar,
elles font de laine... com... comment vont les tiennes? di... il faut
que je m'appuye fur un de ces Bourgeois, pour les foulager; allons tenez ferme... (*il s'appuye fur l'Abbé.*)

Sanbreve. Soutenez vôtre jeuneſſe,
s'il vous plaît, Monſieur, j'ay aſſez
à faire pour porter la mienne.

Burlou. Qu'appellez-vous jeuneſſe,
Monſieur l'Abbé ? moy, jeuneſſe...
ah !... j'en fuis bien-aife ; mais
pourtant... moy, jeuneſſe. Ah !
point d'injures, je vous prie... Tripar, ce Monſieur l'Abbé m'appelle
jeuneſſe... cela eſt gaillard.

Tripar. Allons boire ; j'ay foif...
il me femble du moins.

Sanbreve. Allez-vous achever.

Tripar. Oüy, achever... c'eſt bien
dit... achever... cela eſt bon. Vien
avec nous, l'Abbé, point de Comedie, on n'y boit pas. (*Il s'appuye
fur Lixan.*)

Lixan (*fe reculant.*) Prenez garde

L iiij

de tomber; je ne suis pas assez fort,
pour soutenir tant de vin.

Tripar. Où est-il ce vin ? parlez,
Bourgeois.

Lixan. Où l'avez-vous laissé ?

Tripar. Petit compagnon, vous...
(*il fait un hoquet.*) Comediens, commencez, je vous l'ordonne.... &
vîte, je m'ennuye; sinon, je... je...
m'en iray... & gâre bien du chagrin pour vous de ne m'avoir pas...
n'est-il pas vray, Burlou ?

Burlou. Tres-vray... tres-vray...
qu'est-ce que tu dis? voila bien des
chandelles que je vois!... oüais !
je n'en vois pas plus clair pour cela... vois-tu... vois-tu... toutes ces
chandelles?... Je gagerois, qu'on
va commencer, à cause que tu le
veux. Oh ! bien, commencez donc...
car... mais... que joüe-t-on aujour-
d'huy, Monsieur l'Abbé ? la... di-
tes-le à la franquette... vous êtes
discret, je le sçai bien... les petits
colets le font toûjours... dites pourtant, je le veux, & il me plaît.

Sanbreve. On jouë le mariage de l'eau avec le vin.

Burlou. Fy ! les vilaines nôces !

Tripar. Tu as raifon... vilaines nôces, que de marier l'eau avec le vin ! je n'en veux pas être... je n'y danferay point.

Burlou. Sortons, Tripar, mon cher, fortons... ces nôces me font mal au cœur ; j'y vomirois.

Tripar. Sortons, je le veux... redreffe-toy donc... tu vas tomber.

Burlou. Prens garde à toy-même ; prenons-nous par deffous les bras, mon cher.

Tripar. Donne...

Burlou. Pren... adieu, Bourgeois. (*Ils fortent.*)

Lixan. Nous voila heureufement délivrez de deux voifins bien incommodes !

Sanbreve. Je ne viens gueres icy, que je n'en trouve de pareils ; il femble, qu'ils me fuivent. Ces gens-là font également extravagans & foux, quand ils font yvres, & quand ils ne le font pas.

Lixan. Je ne fuis pas fâché de les avoir vûs dans l'état où ils font ; car je travaille à prefent à un tableau, où je dois peindre un yvrogne, ou plûtôt un homme yvre ; ces deux originaux ne me ferviront pas peu pour cela. J'aurois été pourtant bien embarraffé, s'ils ne nous avoient pas quittez.

Sanbreve. Vous êtes donc Peintre, Monfieur ?

Lixan. Oüy, Monfieur ; & je viens icy de temps en temps, pour me délaffer de l'application que demande le pinceau.

Sanbreve. Et moy , pour me délaffer de l'application que demande mon étude.

Lixan. Mademoifelle * * * joüera aujourd'huy, fans doute.

Sanbreve. Quel rôlle ?

Lixan. Le premier rôlle ; le rôlle de *

Sanbreve. Tant pis ; car c'eft une mauvaife Actrice ; elle ne déclame pas, elle chante ; il semble qu'on tire par le haut du Theâtre une corde, pour luy faire remuer les bras, tant ses gestes sont toûjours égaux. Comment sçavez-vous, qu'-elle doit joüer ce rôlle ? J'ay encore de la peine à le croire ; car il ne luy convient point du tout.

Lixan. Une personne de consideration (j'entends de consideration d'une certaine maniere qui pourroit souffrir des difficultez) l'a obtenu des Comediens en sa faveur pour aujourd'huy.

Sanbreve. Sans doute, il y a quelqu'amour en campagne, qui a mis en mouvement les sollicitations de cette personne de consideration.

Lixan. Hé, cela pourroit bien être.

Sanbreve. Oh ! pour cela, il n'y a rien de si possible. Mademoiselle * * * déclame mal, il est vray ; mais elle sçait en récompense, se faire bien aimer ; l'un vaut bien l'autre pour le moins.

Lixan. On dit, qu'elle a trouvé le moyen de se faire pour elle seule plus d'amans, que toutes les autres ensemble n'en ont p t obtenir par leurs minauderies & par leurs artifices les plus attrayans. Cependant, comme il me paroît, que vous le sçavez aussi-bien que moy, on peut dire, sans calomnie, qu'elle n'est rien moins que belle.

Sanbreve. Elle ne se pique point du tout de beauté. Est-ce, parce qu'elle se fait beaucoup aimer, quoyqu'elle ne soit point belle, que vous avez pris dessein de faire son portrait ? Comment vous y prendrez-vous? car je ne croy pas, que ce soit jamais de son consentement. Il y va trop de son interêt de ne le point permettre, pour que vous ayiez lieu d'esperer d'obtenir d'elle cette complaisance.

Lixan. Ce n'est pas une consequence en fait de portraits. Nous voyons tous les jours venir à nous autant de laides, que de belles, en-

reſſées de ſe faire peindre; chacun
penſe toûjours favorablement de
ſoy-même; il n'en faut pas davantage, pour nous donner bien de la
pratique à cet égard, Ce n'eſt pas que
je veüille dire, que je peindray Mademoiſelle * * * de ſon conſentement;
elle fait là-deſſus, exception entre
les laides; non-ſeulement elle ne le
veut pas, mais même elle le craint,
Il eſt aſſurément bien rare pour une
fille autant aimée qu'elle, de ſe rendre cette juſtice. Et c'eſt, parce
qu'elle eſt une perſonne veritablement rare, que je veux tâcher de
faire ſon portrait.

Sanbreve. Faites-moy donc, je
vous prie, le plaiſir de me dire
comment vous vous y prendrez.

Lixan. Je viens aujourd'huy icy
pour cela; j'ay papier & crayons
tout prêts, pour ébaucher ſon portrait, quand elle paroîtra ſur le
Theâtre; j'eſpere y attraper le fon-
dement de ſa reſſemblance; & j'eſpere beaucoup y réüſſir,

Sanbreve. Je me tiens heureux de vôtre rencontre ; j'auray bien du plaisir à vous voir travailler ; & ainsi, deux divertissemens aujourd'huy pour moy, pendant que j'esperois, tout au plus, en avoir un.

Lixar. Je travailleray aussi avec bien du plaisir, en ce que n'étant point obligé de flater (ce qui ne nous arrive que trop souvent) j'auray la liberté de donner à la ressemblance toute l'étenduë que je jugeray nécessaire.

Sanbreve. Préparez-vous ; vôtre pratique va venir bien-tôt.

❡ Autre Scene entre *Roüindin*, Bourgeois qui se pique de bel esprit ; *Naxil*, Auteur de la piece qu'on va joüer, & *Plinora*, autre Auteur.

Roüindin. On dit, qu'avant-hier, la piece qu'on va joüer, fut sifflée de la bonne sorte.

Naxil. D'où venoit donc ce déchaînement de sifflerie?

Roüindin. C'est qu'on prétend,

qu'elle est des plus méchantes &
des plus détestables qu'on ait jamais
représentées.

Naxil. Cela est bien-tôt dit ;
mais je voudrois sçavoir la raison
pourquoy on la trouve si méchante
& si détestable ?

Roüindin. Parce que les Vers n'en
valent rien ; l'intrigue en est pitoyable , & le dénoüement n'a point
du tout le mot pour rire.

Naxil. Le mot pour rire ! voila
assûrément une expression , à laquelle je ne m'attendois pas en fait
de dénoüement de Comedie.

Roüindin. Oüy , oüy , le mot pour
rire ; cela s'entend pourtant assez.

Naxil. Pour moy , je ne com-
prens pas bien ce qu'on entend par
un dénoüement qui n'a point du
tout le mot pour rire ; expliquez-
le-moy , je vous prie.

Roüindin. Le mot pour rire dans
cette occasion , signifie , que.... que....
mais est-ce que je suis venu ici , pour
vous donner des explications ?

Naxil. N'est-ce point, que vous voulez dire, qu'il faut, quand on finit une piece de Theatre, faire paroître quelque malheureux, dont on dénouë les liens, & dont on rompt les chaînes ? en ce cas, je conçois, qu'un tel dénoüement peut faire rire celui qui se voit délivré, & qu'il y a là veritablement le mot pour rire,

Roüindin. (*d'un ton railleur.*) A ce que je vois, Mr vous sçavez admirablement les regles du Theatre ! comment ! voici la plus sçavante & la plus ingenieuse explication du monde ! certes, le public perd bien, de ce que vous ne faites point de Comedies !

Naxil. Je voudrois seulement avoir fait celle qu'on va joüer ; je m'en contenterois, malgré les sentimens de je ne sçai combien de méchans discoureurs, qui veulent juger de tout, sans avoir le sens commun.

Roüindin. Et ainsi, vous êtes un homme tres-facile à contenter ; cela
est

est heureux : car on a du plaisir à petits frais. Pourtant, si vous l'aviez faite, je vous conseillerois en ami de ne vous en pas vanter.

Naxil. N'a-t-elle point été sifflée la premiere fois par quelque bourgeois, ou par quelques courtauts de boutique, à cause que les Acteurs n'avoient pas d'assez beaux habits ; ou par quelques mal-endurans ; lassez de se tenir trop long-temps sur leur jambes, avant qu'on la commençât ? il ne faut rien, pour mettre ces sortes de gens de mauvaise humeur.

Rüindin. Vous voilà déjà dans les plus belles dispositions du monde, pour devenir Auteur : car Mrs les Auteurs ne manquent jamais d'accuser d'injustice les Spectateurs, quand leurs pieces ne réüssissent pas.

Plinora. Mr le bourgeois (permettez, que je vous appelle de ce nom commun qui me paroît vous convenir parfaitement ; car je ne sçai pas le vôtre ; à dire vrai, je ne serois pas fâché de le sçavoir , tant vous me

II. Partie. M

paroiſſez original.) Mr le bourgeois, dis-je. . . .

Roüindin. Eſt-ce à vous que je parle, pour me traiter comme vous faites, avec vôtre Mr le bourgeois ?

Plinora. Oüi, c'eſt à moi & auſſi de moi, que vous parlez. Il faut, avant que vous ſortiez d'ici, nous faire raiſon à Mr & à moi de ce que vous venez de dire, en voici la raiſon ; c'eſt que Mr ; (*il montre Naxil.*) Eſt l'Auteur de la Comedie que vous venez de fronder ſi ridiculement ; & que moi, qui vous parle, je ſuis du nombre de ces Auteurs, dont vous prétendez faire des objets de vos fades plaiſanteries.

Roüindin. Tant-mieux pour vous, ſi vous êtes Auteur, je vous en fais compliment.

Plinora. Qu'eſt-ce que cela veut dire, tant-mieux pour moi ? expliquez, je vous prie, ce jargon ; & ſi nous y trouvons de la raiſon, nous dirons à nôtre tour ; tant-mieux pour vous.

Naxil. Hé, Mr, n'accablez point ce pauvre homme, en éxigeant de lui plus qu'il ne peut faire ; ne remarquez-vous pas comment il est déja interdit & décontenancé ? il y a plus de sottise à son fait, que de malice. Le bon-homme a crû, qu'il se donneroit un rélief de bel esprit, en frondant à tort & à travers les Auteurs ; rien n'est si commun, que cette conduite. Nous aurions trop à faire, si nous voulions entreprendre tous ceux qui s'en meslent.

Roüindin. J'ai dit ce que j'ai oüi dire.

Plinora. Ah ! j'étois en peine de sçavoir vôtre nom ; mais le voici tout trouvé. C'est, sans doute, Mr Perroquet, que vous vous appellez, puisque vous ne sçavez que répeter ce qu'on vous a dit.

Naxil. Je m'apperçois, que vous glissez insensiblement, pour vous éloigner de nous ; allez, nous ne vous retenons pas.

M j

Plinora. Adieu , Perroquet mignon.

Roilindin. Adieu , adieu , je vais apprendre à fiffler ; vous en fçaurez tantôt des nouvelles.

Naxil. (à *Plinora.*) Suivez-le, je vous prie , Mr , fans qu'il s'en apperçoive. Placez-vous derriere lui. Je m'en vais cependant derriere le Theatre , pour avertir les Acteurs de donner quelque ridicule à ce drôle-là en bonne compagnie. Pour cela , quand vous me verrez , vous n'aurez qu'à élever un peu vôtre chapeau au bout de vôtre canne , afin de me faire voir où il fera , & enfuite vous verrez beau jeu. J'efpere , que vous me pardonnerez cette peine que je vous donne , en ce qu'il y va en quelque façon autant de vôtre interêt que du mien.

Plinora. Point de compliment, Mr , e ferai d'autant plus exact à faire ce que vous fouhaitez, qu'il eft auffi de l'interêt du public , de ne point

souffrir impunément ceux qui viennent sottement ou malicieusement
troubler ses plaisirs.

¶ Deux causeurs, l'un nommé
Bilba, & l'autre, *Cliclac*; avec *Dian*
& *Ripade*, importunez par ces deux
causeurs.

Bilba. (à *Cliclac*.) Du Rentier a-
t-il enfin payé sa lettre de change?
comment tout cela va-t-il à présent?
en sortira-t-il à son honneur?

Cliclac. Il en sortira fort mal ; car
demain on executera ses meubles.

Bilba. Sa femme qui fait tant la
fiere, sera bien mortifiée, quand elle
verra porter sur la place, son beau
lit, ses sophas, ses canapées, ses mi-
roirs & ses tapisseries de haute lice!

Cliclac. Oh ! parbleu ! elle boira
la mortification toute entiere, &
jusqu'à la derniere goutte.

Bilba. Quelle joïe pour nos femmes, & qu'elles seront bien vengées!
car quand elles la vont voir, il semble, qu'elle ne fasse étalage de la
magnificence de son emmeublement

que pour infulter à la fimplicité du leur. Il falloit voir avant-hier avec quelle.....

Dian. Mrs ; on n'entend rien ici de ce que difent les Comediens. Hé qu'avons-nous affaire des meubles de la femme de du Rentier , de fa lettre de change, &....

Bilba. Vous n'avez qu'à ne nous pas écouter.

Ripade. Comment faire pour ne vous pas écouter, puifque vous parlez à nos oreilles ?

Cliclac. Bouchez-les.

Ripade. Eft-ce qu'on vient à la Comedie , pour fe boucher les oreilles ?

Bilba. Eft-ce qu'on y vient pour empêcher les gens de parler ?

Dian. N'avez-vous pas d'autres lieux pour parler de vos affaires ?

Ripade. Il faut que vous ayez bien de l'argent de refte , pour venir ici payer une place , afin d'y parler de ce, dont vous pourriez parler par tout ailleurs , fans qu'il vous en coûtât rien !

Bilba. Parlez, Mrs ; parlez, je ne vous en empêche pas ; pour nous, nous parlerons auſſi tant qu'il nous plaira. (*Dian & Ripade vont d'un autre côté.*)

❧ Six Acteurs ; ſçavoir ; *Puol. Mommanoſille* , homme fort grand. *Surti. Gridour. Nepton. Crenou.*

Puol. (*à Mommanoſille.*) Mr ; on ne voit rien derriere vous ; cela eſt fort incommode !

Mommanoſille. Ce n'eſt pas ma faute , ſi vous êtes plus petit que moi ; je ne m'irai pas aſſurément faire couper les jambes, pour me mettre à vôtre niveau.

Puol. Pardonnez-moi , c'eſt vôtre faute ; quand étant auſſi grand que vous êtes , vous venez ainſi vous mettre devant les petits.

Mommanoſille. Hé-bien , mettez-vous devant moi ; la place eſt libre , je ne vous en empêche pas. (*Puol ſe met devant lui.*)

Surti. (*à Mommanoſille.*) Mr , ſi vous étiez de verre je pourrois voir quelque chofe ; mais , par malheur pour moi , vous n'êtes rien moins que cela.

Mommanofille. Je ferois bien fâché de n'être que de verre ; ce ne feroit pas le moyen de durer auffi long-temps que je l'efpere.

Surti. Et moi, j'en ferois bien aife, quand vous êtes ici.

Mommanofille. Paffez devant moi ; j'y confens en faveur de vôtre peti-teffe.

Surti. Volontiers ; & j'en remer-cie tres - humblement vôtre gran-deur. (*il paffe.*)

Gridour. (*à Mommanofille.*) Ah ! que vous êtes grand, Mr , j'aimerois autant être aveugle ici , que d'être placé derriere vous.

Mommanofille. A ce que je vois, les grands font bien à plaindre ; per-fonne ne les peut fouffrir ; tout le monde leur fait la guerre. J'ai beau être ferme fur les pieds, je ne fçau-rois tenir en place ; on me chaffe de tous côtez.

Gridour.

Gridour. Mettez-vous à genoux, Mr ; & je vous promets, que personne ne vous dira mot.

Mommanosille. A genoux ! oh ! Mr ; j'aime bien mieux que vous passiez devant moi.

Gridour. J'accepte le parti de tout mon cœur ; ne craignez point, je ne vous incommoderai pas, quand même j'aurois un chapeau des plus hauts sur la tête, & que je m'éleverois de toutes mes forces sur les bouts de mes pieds. (*Il passe.*)

Neptor. (*à Mommanosille.*) Mr ; il n'étoit pas necessaire de vous mettre si prés de moi ; vous étiez mieux dans la place que vous avez quittée ; car vous étiez plus prés du Theatre ; moi, je voyois ce qui s'y passoit ; à présent, je ne vois que vôtre dos.

Mommanosille. Encore !

Neptor. Si vous leviez les bras, du moins je pourrois voir par dessous.

Mommanosille. (*d'un ton d'impatience,*) Mr ; quand j'ai donné de l'argent, pour entrer ici, on m'a donné un billet pour toute ma perſonne, depuis les pieds juſqu'à la tête ; & ainſi, je ne la partagerai pas aſſuré-ment en deux, pour ne vous point ôter la veuë.

Nepton. Hé, Mr, je vous en prie, ôtez-vous de devant moi, ou du moins, permettez que je paſſe devant vous.

Mommanoſille. Enfin, je croi, qu'-on me prend aujourd'hui ici pour un faiſeur de tours de paſſe-paſſe.

Nepton. Je vous en prie derechef, Mr ; voilà pour la premiere fois, que je viens à la Comedie ; voudriez-vous que j'en ſortiſſes ſans avoir rien veu ? cela ſeroit pour moi plus cruel que vous ne pouvez vous l'imagi-ner.

Mommanoſille. Vous m'attendriſſez le cœur ; paſſez, Mr ; je ſuis grand ; mais je ne ſuis pas grand malicieux.
(*Nepton paſſe.*)

Crenou. (*à Mommanoſille.*) Mr ; il m'eſt impoſſible de vous ſouffrir.

là. Hé, quoi ! à vôtre arrivée, la nuit est venuë tout d'un coup ! je ne vois goutte !

Mommanesille. Ah ! quelles gens ! il faudra enfin que je sorte ; mais, ron ; je vais me mettre derriere tous les autres ; les planches de l'Amphitheatre ne se plaindront peut - être pas. (*Il va se placer au fond du parterre, devant l'Amphitheatre.*)

☞ Icy, *Mulpe. Plac. Radoc*, importun.

Mulpe. (*à Plac, en parlant de Radoc.*) Voilà un homme bien importun !

Plac. Cela est vrai ; il ne veut pas que nous ayons le plaisir de la surprise ; & cependant c'est ce qui donne le plus de satisfaction à l'esprit dans les Comedies.

Radoc. Mrs ; je m'en vais vous dire à présent tout ce qui va se passer dans le second Acte ; car je le sçai presque tout par cœur.

Mulpe. Par grace, Mr ; je vous en prie, laissez-nous l'apprendre des

Comediens ; car nous ne fommes venus, que pour cela ; & de plus, nous vous donnerions trop de peine.

Radec. De la peine ! Oh ! cela ne m'en fait point, au contraire. Dans la premiere Scene, vous verrez....

Plac. Nous y ferons, quand cette premiere Scene fe joüera ; & ainfi....

Radec. Vrayment je fçai bien, que vous y ferez, puifque vous voilà ici tout portez ; mais en vous la difant, je vous avance, ou plus-tôt, je vous double vôtre plaifir. Pendant que vous n'avez rien à faire, ne ferez-vous pas bien aife d'apprendre, que d'abord le valet viendra avec fon maître ; que celui-ci fe plaindra....

Mulpe. Il fe plaindra beaucoup, s'il fe plaint plufque nous ; car franchement, Mr, vous nous incommodez fort, de vouloir nous rendre bien aifes, malgré-nous.

Radec. Il fe plaindra à fon valet, de ce qu'il eft....

Melpe. De ce qu'il est incommode, fâcheux, importun, de ce qu'il
le veut instruire mal-à-propos des
choses qu'il ne souhaite pas si-tôt
sçavoir ? est-ce de cela, qu'il se plaindra ? il n'aura pas tort, & je lui en
sçai bon gré.

Radot. Ah ! c'est bien autre chose ;
vous l'allez voir ; c'est....

Mulpe. Oüi, nous l'allons voir,
quand il paroîtra ; c'est pourquoi
nous vous dispensons de faire son
personnage, à moins que vous ne
vouliez monter sur le Theatre, &
y prendre sa place.

Radot. Je ne suis pas Comedien.

Mulpe. Hé bien, ne nous dites
donc pas des Comedies ; car nous
n'en voulons entendre à présent, que
des Comediens.

Plat. Cherchez, Mr, dans le voi-
sinage, ici au tour, vous y trouverez
peut-être des gens qui seront plus
curieux que nous.

¶ Autre Scene. *Mibole*, jeune homme qui change con-

N iij

tinuellement de place ; *Cliard.* Lu-
naſque.

Mibole. Ah ! te voilà , Cliard.

Cliard. D'où viens-tu , Mibole.

Mibole. De là-bas , vers l'Amphitheatre , où j'ai été un moment.

Cliard. C'eſt-à-dire , que tu es
toûjours à ton ordinaire, le mouvement perpetuel ; tu ne reſtes point
en place.

Mibole. Voudrois-tu , que je re-
ſtaſſes planté comme toi , pendant
trois heures entieres ſur mes jambes ,
ainſi qu'une ſtatuë, ſans me remuer ?
cela n'eſt point du tout de mon goût ;
j'aurois trop peur de prendre racine ici.

Cliard. Tu n'écoutes donc rien ?

Mibole. Bon ! écouter , cela eſt
trop bourgeois.... adieu , adieu ; je
vois là-bas Stercan ; je vais le voir ,
& enſuite je chercherai d'autres connoiſſances.

Cliard. Adieu ; continuë tes pro-
menades ; tu as du champ autant
qu'il t'en faut pour cela ; car il n'y a

pas beaucoup de monde ici aujour-
d'hui. (*Mivole s'en va d'un autre
côte.*)

Lunasque. C'est-là, Mr, à ce que
je vois, un de nos coureurs ?

Cliard. S'il ne court pas, du moins,
en une heure, il change plus de vingt
fois de place. Il n'y a point de coin
ici, qu'il ne furete.

Je n'ai plus de Scenes à donner ;
je commence à me lasser de parler
spectacle ; je ne me sens plus *les Coudées Franches* ; pour les reprendre ,
je vais me jetter sur d'autres sujets ;
n'est-il pas vrai, Lecteur, qu'il vous
étoit ennuyeux d'entendre si long-
temps traiter d'une même matiere ?
reprenez courage , ranimez-vous ,
je vais tâcher de vous desennuyer.

☞ Qu'est-ce qu'on n'a pas crû ?
& qu'est-ce qu'on ne croit pas d'extraordinaire & de bizarre tous les
jours sur bien des matieres ? je vais
me donner là-dessus les *Coudées Franches,* en considerant la credulité par
rapport à un nombre prodigieux de

fujets dont elle a été la victime. J'of
croire , que la verité empêcher
que ce deffein ne foit ennuyeux ; &
que même on en tirera quelque uti
lité ; puifqu'à la veuë du ridicul
qu'on remarquera dans ce qu'on v
lire , on fera , fans doute , penetré d'in
dignation contre ceux qui croyen
trop facilement & mal-à-propos, &
qu'ainfi , on fe trouvera infenfible
ment excité à prendre des précau
tions , afin de ne pas tomber dan
de femblables ridiculitez. Je rap
porterai donc, autant que mes *Cou*
dées Franches me le permettront , ce
qu'on a crû & ce qu'on croit enco
re ; c'eft à-dire , ce qu'on a opiné
ce qu'on a dit, ce qu'on a écrit, ce
qu'on a imprimé ; & tout cela en
peu de mots, avec beaucoup de pré
cifion , proteftant , que je ne dirai
rien, qui n'ait été en effet imprimé ,
écrit, dit, opiné ; peut-être même
en donnerai - je quelque jour des
preuves, fi je viens enfin à me per
fuader, qu'on pourra douter de ma

bonne foi. Je rapporterai auffi ce qu'on croit encore, ce qu'on croit tous les jours & ce ne fera pas le moins curieux de mes recherches. A cet égard je n'aurai point d'autres preuves à donner, que de prier qu'on faſſe attention fur l'uſage du monde, fur ce qui s'y dit, ce qui s'y écrit, ce qui s'y fait. Commençons & fur tout, donnons-nous *les Coudées Fran-ches.*

* On a crû, que les plantes fentent du mal, quand on les bleſſe, qu'elles raifonnent, & qu'elles moralifent, quand il leur plaît ; qu'une mule a engendré ; que des hommes ont été changez en femmes ; des femmes en hommes ; des coqs, en poulles ; & des poulles en coqs ; qu'un chien étoit fi acharné fur un lion, qu'il fe laiſſa couper par morceaux, fans vouloir lâcher prife ; qu'il y avoit une fontaine, dont les eaux faifoient prononcer des oracles, auſſi-tôt qu'-on en avoit bû ; qu'une taxe ayant été mife fur le fel, il difparut ; de

forte qu'on ne mangea rien de fal-
lé, qu'aprés qu'on eut ôté la taxe;
que la terre eft plus legere, que les
trois autres élemens ; qu'il y a des
hommes qui étant fans bouche ne vivent que d'odeurs; qu'il eft impoffible
de tirer de l'eau le dragon de mer
avec la main droite, mais qu'on en
vient facilement à bout avec la gauche.

On croit, que la fortune eft aveugle. Ce font particulierement ceux
qui ne fe reffentent point de fes fa-
veurs, qui en ont cette opinion.

Que c'eft par bonté, que N. par-
donne aifément. Il eft craintif &
poltron.

Que C. eft fincere. C'eft qu'il fonge à pouvoir mentir aifément dans
d'autres occafions.

Que D. eft complaifant. Dites lâche & flateur.

❧ On a crû, que, fi l'on fonne
fur du fer ou fur de l'airain, on met
en fuite tous les efprits que les Ma-
giciens évoquent ; que la ruë prend

bien plus facilement racine, & profite beaucoup mieux, quand elle a
été dérobée, que, quand elle a été
achetée ou donnée ; qu'il y a un poiſſon, qui a la vertu de retarder l'iſ-
ſuë des procez & de les prolonger ;
que ceux qui ſont nez le Vendredi
ſaint ont la veuë ſi forte, qu'elle pe-
netre dans les entrailles de la terre ;
que c'eſt un fort grand honneur d'a-
voir eû des parens pendus pour des
vols ; que ces eſprits animaux qu'on
fait tant valoir dans la compoſition
de l'homme pour ſes operations, ne
ſont cependant d'aucune utilité ;
qu'il y a une plante qu'on appelle
agneau, qui ne ſubſiſte, qu'en brou-
tant toutes les herbes qui croiſſent
autour d'elle ; que le ſel n'eſt autre
choſe, que l'écume qui ſortit de la
bouche de ce vilain geant, appellé
Typhon.

On croit, qu'un équipage donne du
merite. Voyez avec quel reſpect on
reçoit un homme, qui ſortant d'un
carroſſe eſt ſuivi de trois laquais.

Qu'on est beaucoup mieux paré par les étoffes qui viennent de bien loin, que par celles qu'on trouve dans son païs.

Que G. connoît par lui-même tous les Auteurs qu'il cite dans ses ouvrages.

Qu'en censurant les autres, on passera pour être plus parfait qu'eux.

☞ On a crû, que le vin est de sa nature fort froid, & qu'ainsi au lieu de ptisanne, on s'en peut servir pour rafraîchissement ; que les perles ne peuvent être pêchées, que par des personnes qui soient chastes ; qu'un jour des hommes trayant leurs vaches, ils furent tout d'un coup changez en statuës de sel ; que les os des morts, pendant qu'ils sont dans les sepulchres, se regalent les uns les autres, & festinent ensemble ; que la mer occupe à présent une étenduë où la terre étoit autrefois ; que les alimens cruds, âcres & sallez sont les meilleurs pour les malades ; que tous les hommes, au sortir de ce monde, seront changez en étoiles fixes , & qu'ils resteront toûjours sous cette forme.

On croit, que cela N ∣ ne peut pas être , puisqu'on ne voit pas comment il soit possible que cela soit.

R. croit qu'il a veritablement pitié des malheureux , & veut qu'on lui en tienne compte. Comment lui en tenir compte, puisqu'il s'en tient là pendant qu'il pourroit aller plus loin ?

H. croit qu'il est liberal. Et moi . je crois qu'il est prodigue, parce qu'il donne sans discretion.

¶ On a crû que, quand on baille, comme il est à craindre que quelque mauvais esprit n'entre par la bouche, on n'a qu'à faire claquer ses doigts, pour le mettre en fuite ; que lorsque la vipere a dessein de s'accoupler avec la lamproye , elle prend la charitable précaution de vomir auparavant tout son venin ; que la mer est la sueur de la terre, échauffée par les rayons du Soleil ; que l'on expie ses pechez, en coupant l'oreille droite des bêtes, & leur donnant ensuite la liberté ; que se raser dans un vaisseau pendant un temps serain, est un crime digne de mort ; qu'il y a eu un homme, dont la vûë se portoit jusqu'à cinquante-cinq lieuës.

On croit, que ce Prédicateur fait tout ce qu'il dit. Apparemment on entend, qu'il le compose.

B. croit que, s'il a mal réüssi, ce n'est pas sa faute ; la fortune qu'il accuse en croit autant d'elle.

On croit que M. rendra fidellement justice. Je le croy aussi, pourvû que sa maîtresse ne vienne point à la traverse.

O. croit meriter beaucoup, en prenant injustement aux uns, pour donner charitablement aux autres.

✿ On a crû, qu'un Elephant avoit une dent d'or ; que tous les hommes & toutes les femmes devroient aller nuds pieds, s'ils se piquoient de satisfaire à leur devoir ; que l'Enfer est placé dans le Soleil ;

qu'un écolier dormit pendant sept ans, & un autre homme pendant cinquante-sept ; que c'est le diable qui a fabriqué la femme ; qu'il y a un païs, où les crapaux se branchent sur les arbres ; &, comme les oiseaux, y font une symphonie à leur mode ; que, quand un Prince épouse une petite femme, il merite qu'on le condamne à l'amende ; que, pour sçavoir en perfection faire la cuisine, il faut auparavant sçavoir mesurer les astres, connoître leurs révolutions, prévoir leurs éclypses, être instruit de tout ce qui est necessaire pour connoître & guerir les maladies, pour mesurer les longueurs, largeurs & profondeurs, pour construire & élever des bâtimens, pour ranger des armées en bataille, & pour se comporter prudemment & courageusement dans les combats.

On croit, que les mets qui coûtent le plus, sont les meilleurs.

Que pour vivre heureux, il faut

posseder de grandes richesses.

Les jeunes gens croyent, que tous les vieux radotent.

I. croit, qu'il est naturel, franc & sincere ; c'est-à-dire, comme d'autres le croyent, qu'il est grossier & impoli.

K. croit, qu'il fait beaucoup de bruit dans le monde, quoyqu'on ne pense point à luy.

On croit qu'on vivra long-temps, pendant qu'on fait beaucoup, pour mourir bien tôt.

☞ On a crû, qu'un certain George David commandoit aux oiseaux & aux bêtes sauvages avec tant d'empire, qu'elles luy apportoient, quand il le leur ordonnoit, tout ce qui luy étoit necessaire pour sa subsistance, & que même il les obligeoit de luy répondre en toutes sortes de langues ; que les oiseaux, quelque grands, & quelque forts d'aîles qu'ils soient, sont contraints de tomber, s'ils volent par-dessus un cameleon ; que Ciceron

parloit

parloit un fort mauvais Latin ; qu'un Philosophe apprit la Philosophie à un oyson ; que le sage peut, sans blesser la raison, ny la justice, prendre tout ce qui luy convient ; que la Zone torride est le païs du monde le plus temperé ; qu'il se trouve une pierre, à qui toutes les autres ne peuvent se dispenser d'aller rendre visite ; que la tortuë couve & fait éclore ses œufs, en les regardant avec beaucoup d'attention ; qu'il y a des peuples, à qui la lumiere du jour est inutile, parce qu'ils ne voyent que la nuit.

On croit, qu'on a autant de besoins, que d'ambition, ou d'avarice ou d'avidité pour les plaisirs.

Que le serieux est une marque infaillible de sagesse.

Qu'il est difficile d'avoir de l'esprit sous un habit de bure & une perruque mal-peignée. Demandez aux femmes, si cela n'est pas vray.

Que P. est aussi peu timide, qu'il se montre hardy.

II. Part.   O

Qu'on a droit de parler bien haut, parce qu'on est bien riche.

¶ On a crû, que, quelques chagrins qu'on ait, on n'a, pour s'en délivrer, qu'à porter de sa salive derriere l'oreille ; que c'est un crime tres-condamnable, que de se nourrir de fromage, ou de beurre, ou de tout ce qu'on appelle laitage ; que c'est le diable qui a inventé la Philosophie ; qu'on a vû deux hommes, dont l'un n'étoit pas plus haut qu'une perdrix, & l'autre si mince & si leger, qu'il ne pesoit qu'une obole ; que l'air est aussi pesant que la terre ; qu'on trouve une sorte de miel qui rend sages ceux qui sont foux, & foux ceux qui sont sages ; qu'il n'y a rien de plus deshonnorant à une femme, que de soupirer aux funerailles de son mary ; que quand on jouë de la flûte auprés d'une certaine fontaine, elle est si joyeuse d'entendre le son de cet instrument, qu'elle se met à danser & ne cesse point, qu'on n'ait cessé de flûter ; que l'on peut passer toute fa vie, fans boire, quoyqu'on mange force viandes feches & fallées ; qu'en mangeant le cœur ou le foye d'un dragon, on peut entendre le jargon de tous les animaux, & ainfi être inftruit de tous leurs raifonnemens & de tous leurs deffeins ; que de toutes les eaux, celle qui eft trouble eft la meilleure ; qu'un homme couroit fi legerement, qu'il ne laiffoit aucune trace fur le fable, & ne fe moüilloit point les pieds fur les eaux.

On croit, qu'aprés la mort, on goûtera un grand plaifir de la memoire glorieufe qu'on aura laiffée de foy.

Q. croit qu'il cenfure la conduite de fon Superieur, bien plus par averfion pour fes défauts, que pour fa perfonne.

S. croit qu'il feroit honteux à luy, fi, étant fucceffeur des Apôtres, il alloit à pied, & fimplement vêtu comme eux.

On croit, que, parce qu'il y a

O ij

long-temps qu'on n'a fait une faute, on n'en est pas si criminel.

* On a crû, qu'il n'y a pas de gens qui soient plus contens & plus heureux, que ceux qui ne sçavent rien; qu'il est aussi mal-honnête de montrer la bouche, que le derriere; que l'on devoit accoûtumer les filles à lutter, & aux autres exercices les plus penibles; que le venin des viperes est dans leurs dents ou dans leur queuë; qu'on ne risque point de se brûler, quand on met sa main dans de l'huile de baleine toute boüillante; que, par le moyen d'un fruit, on peut broyer le cuivre dans la bouche & en faire une bonne nourriture; qu'il n'est pas vray, que la moyenne region de l'air soit froide; qu'on a vû des arbres, chargez d'huîtres à l'écaille; que les peres & les meres ont droit de faire leurs enfans moines, sans attendre leur consentement; qu'on devroit excommunier ceux qui portent de longs cheveux, & ne jamais prier

Dieu pour eux aprés leur mort ; que le castor étant pourſuivi par les chaſſeurs , s'arrache les teſticules.

On croit , qu'il eſt impoſſible qu'un ouvrage ſoit bon,parce qu'on y a d'abord trouvé quelque expreſſion qui choque la délicateſſe de la langue.

Que , quand on naît noble , on ſurpaſſe en merite tous les roturiers.

Que T. terrible Caſuiſte , eſt auſſi ſevere pour luy-même , que pour les autres.

On a crû , que la chair pourrie produit des vers par elle-même ; qu'une fontaine donne continuellement de l'huile; que le Bezoard a un grand nombrede proprietez admirables;que la Lune a beaucoup de pouvoir ſur les corps inferieurs ; qu'on a entendu des enfans crier dans le ventre de leurs meres ; que les vents font concevoir , les uns des mâles , les autres des femelles ; qu'une femme fit d'une ſeule couche trois cens ſoixante enfans ; que les dragons naiſſent de l'accouplement des aigles avec les loups; qu'un chien diftinguoit parfaitement dans une compagnie, les honnêtes gens de ceux qui ne l'étoient pas; que, quand on entend ou qu'on voit des grillons dans une maifon, il faut bien fe donner de garde de les tuer, parce qu'ils portent bonheur; qu'une ftatuë de la fortune prononça deux fois ces mots; *ritè me matronæ dedicaftis*; qu'il n'y a que les vaches qui foient immortelles; que la voix n'eft point corporelle; que le miel n'eft autre chofe, que la fueur ou la falive des cieux; que c'eft une chofe honteufe, que de piffer dans les ruës, mais qu'il n'y a point d'indécence à piffer fous la table; que le corail preferve de la foudre; que l'ame d'un cygne ne meurt point; que le meilleur ouvrage, dont on fe puiffe fervir, pour apprendre la politique, c'eft la Comedie d'Ariftophanes, intitulée *Les Nuées*; que l'eau qu'on jette fur les perfonnes qui doivent paffer fous la ligne pour la premiere fois, les garentit de plusieurs maladies.

On croit, qu'on n'est point soy-même un sot, parce qu'on a assez d'habileté, pour connoître la sottise des autres, & assez de malignité, pour l'apprendre à ceux qui ne la sçavoient pas.

Qu'on aimera toûjours, parce qu'on aime beaucoup.

Que V. est très-content, parce qu'il paroît fort gay. On en peut croire autant des Danseurs, des Chanteurs & des Comediens.

Qu'on se corrigera aisément dans la vieillesse des défauts, dont on ne daigne pas encore détruire l'habitude.

☞ On a crû, qu'il y a des peuples appellez pygmées, qui sont si petits, que leur hauteur ne passe pas une coudée ; que les gruës leur font continuellement la guerre ; & que ces gruës, quand elles les attrapent, les avalent comme des navets; que ces petits morceaux d'hommes ont pour broches des pointes de heriffon, aufquelles ils font rôtir des mouches; pour tâffes, des noyaux de cerifes ; pour muids, des œufs d'autruche qu'ils rempliffent de gouttes de rofée ; pour affiettes des écailles de carpes, & pour plats, des baffinets de gland ; que le grand Duc de Florence avoit dans fon cabinet des raretez, une production de la pierre philofophale, je veux dire, un cloud, moitié or & moitié fer ; que la femme de Loth fut changée en fel, à caufe que, par une fort grande haine qu'elle portoit aux étrangers, elle ne mit point de fel fur la table, lorfque fon mary reçut les Anges chez luy, & leur donna à manger ; que Paracelfe avoit un demon familier, enfermé dans le pommeau de fon épée ; que les Aftres n'ont point d'autre figure, que la pyramidale ; que la matiere a un entendement, & qu'ainfi elle a la puiffance de raifonner ; qu'il y a une infinité de mondes, & que ceux

qui

qui periſſent hors de celuy-cy , pro-
duiſent ſouvent les cauſes des peſ-
tes , & des autres accidens extraor-
dinaires qui nous arrivent ; que la
terre n'eſt point ronde , comme on
l'a prétendu , mais , qu'elle a la forme d'une colomne ; que l'ame de
ceux qui n'ont pas le courage de ſe
tuer à la mort de leur Prince , mourra avec leur corps ; qu'un bon-homme avoit été juſqu'au bout du monde , & que là il s'étoit vû contraint
de ployer fort les épaules , à cauſe
de l'union du ciel & de la terre dans
cette extrémité.

On croit, qu'on ne doit point a-
voir honte d'une faute qu'on a com-
miſe , & qu'on n'en eſt pas ſi répre-
henſible , quand pluſieurs autres en
ſont coupables.

Qu'on ne fait point mieux connoître ſa puiſſance , qu'en opprimant
ceux qu'on tient ſous ſon empire.

Qu'on ne peut pas manquer d'ac-
querir la réputation d'habile politique , quand on ſçait bien tromper.

I I. Partie.   P

Que les anciens ont tout dit.

Que l'habit fait le moine.

¶ On a crû, qu'on peut connoître Dieu, comme il se connoît luy-même ; qu'on ne devroit jamais bâtir aucun temple, & qu'il faudroit détruire tous ceux qui subsistent, parce que le ciel seul est capable de contenir la Divinité ; que l'on doit déclarer heretiques ceux qui loüent, estiment & approuvent les sciences humaines, & même ceux qui osent prononcer le mot d'Academie ; qu'il ne se trouve jamais qu'une seule perle dans chaque huistre ; que, si l'on fondoit une certaine monnoye, il en arriveroit malheur ; qu'un homme qui n'a point de femme, ne doit point exercer les premieres Magistratures ; que les plus hauts étages d'une maison sont les plus honorables, & qu'ainsi, c'est-là où les personnes les plus qualifiées doivent loger ; que toutes les guerres que les Chrétiens se font les uns contre les autres, sont injustes ; que le diable se nourrit des corps mo ts ; qu'apiés le Jugement, Dieu créera une sorte de gens tres-petits, que ces gens seront grands beuveurs, forts, & qu'ils sécheront la mer, à force de boire ; que c'est une impieté de porter du rouge au-dessous de la ceinture ; qu'on se doit faire honneur de porter la qualité de bourreau, &, par consequent d'en faire les fonctions.

On croit, qu'il faut que cet ouvrage soit mauvais, puisque X. le censure. Sans doute, on ne sçait pas que ce censeur en a fait, ou qu'il se propose d'en faire un sur la même matiere.

Que c'est par prudence & par sagesse que Z. ne dit mot. N'est-ce point qu'il ne sçait que dire ?

Qu'il n'y a point de défaut dans ce qu'on aime. Quand on n'aimera plus, on croira mieux.

Que &c. en a autant fait, qu'il en dit.

* On a crû, qu'il y a un enfer particulier pour les bêtes où elles

seront tourmentées selon les fautes
qu'elles auront faites ; que l'on a
sué du vin rouge, du miel & de la
biere ; qu'il y a un oyseau si emporté par ses fureurs, qu'il se pend
de colere ; qu'il n'y a que les vier-
ges qui puissent prendre la Licor-
ne ; que le Soleil retarda sa course,
pour faciliter à l'Empereur Charles-
quint le gain entier d'une bataille ;
qu'il y a des arbres qui portent de
la farine sous leur écorce ; qu'un
étang s'enfloit & grossissoit extrêmement, quand il sentoit des ca-
lomniateurs ; qu'une fontaine donnoit du vin, au lieu d'eau, tous les
septiémes jours de la semaine ; que,
quand une femme a perdu son premier mary, elle doit dans la suite
se couper autant de jointures des
doigts, à commencer par le petit,
qu'elle se marie de fois ; qu'il faut
se laver les mains aprés le repas,
& non devant ; que le monde a la
forme d'un œuf ; que les étoiles ne
sont autre chose, que des nuées enflammées qui s'éteignent chaque

jour, & qui se rallument la nuit ; que l'éclypse du Soleil arrive, quand le corps de cet astre, qui est en forme de nacelle, se tourne le dessus dessous, de maniere que la partie courbe soit contre-mont, & la bossuë, contre-bas de nôtre côté ; que les trésors sont gardez par des esprits ; que ces esprits portent de petits chapeaux, dont il faut d'abord se saisir, si l'on veut se rendre maître des trésors ; que, si une femme a été convaincuë d'adultere, on doit condamner son mary à une amande de trois cens livres ; Que, s'il arrive qu'un corps mort soit sans sepulture, Caron ne passera pas son ame, & qu'elle sera tourmentée par les furies, jusqu'à ce qu'il ait été couvert de terre.

On croit, que l'on est veritablement sçavant, parce que l'on a fidélement retenu ce que les autres ont dit ou écrit.

A. croit qu'il doit passer pour courageux, pour avoir vaincu un lâche.

Que plus on aſſemble de médecins étant malade, plus on a lieu d'eſperer d'être gueri.

Qu'il n'eſt pas poſſible qu'on ſoit content, ſans poſſeder de grandes richeſſes.

Que le ſuperflu juſtifie l'excés.

On a crû, qu'on guerira les tranchées ou avives des chevaux, en les faiſant changer de Paroiſſe; que pour ſe délivrer d'une fié re tierce, on n'a qu'à boire dans ſon accés trois fois dans un pot neuf, autant à une fois qu'à l'autre, des eaux de trois puits differens, mêlées enſemble, & jetter enſuite le reſte; qu'un homme en ſe peignant à l'envers, faiſoit ſortir de ſa tête, des bluettes de feu; qu'il y a une certaine ville, dont les perſonnes vivent deux cens ans; ont les cheveux blancs dans leur jeuneſſe, & noirs dans leur vieilleſſe.

On croit, qu'en ſe mariant par amour, on ne s'en repentira jamais, & que l'on vivra toûjours content.

Que, puiſque B. prend ſi vive-

ment & fi chaudement le party de
la raifon, il faut qu'il en ait beaucoup. Seneque a pris tres-ingenieu-
fement & tres-ardemment le party
de la pauvreté ; en avoit-il beaucoup ?

Que parce qu'on a du merite,
on fera recherché. Qui eft-ce qui
le fçait ? qui fe foucie de le fçavoir ?

☞ On a crû, que le lievre marin endort ceux qui le regardent ;
que le phenix vit fix cens foixante
ans, & renaît de fa cendre ; qu'-
une negre fut nourrice & vierge en
même-temps ; qu'il y avoit une Ifle
qui étoit telle, qu'on ne croiffoit
plus, quand on y étoit entré, quelque petit qu'on fût en y entrant ;
que la terre a du fentiment & de la
raifon ; qu'il y a eu un diamant fi
brillant & fi gros, qu'il éclairoit à
une lieuë à la ronde ; que, quand
un bourreau eft fur le point de faire une execution de fon métier, l'é-
pée ou le coûteau, dont il fe fert,

se remuë, sans qu'on y touche; que cet Homere dont il est tant parlé, n'est qu'un phantôme, un être imaginaire, parce qu'il n'y a jamais eu un poëte de ce nom.

On croit, qu'on a autant d'esprit qu'on en a besoin.

Que l'on ne peut avoir trop de biens. Cela est vray, si l'on entend, que c'est, parce qu'on a trop de desirs.

Elle croit que cet homme a infiniment du merite. Tout le monde en croiroit autant, si tout le monde avoit pour luy autant d'amour qu'elle en a.

On croit, que D. prêche fort bien. C'est qu'il prêche bien fort.

¶ On a crû, qu'un homme ne mangea & ne but jamais que de l'eau; que tous les gens d'une certaine famille guerissent la morsure des serpens, en la touchant de la main; que la tête d'une cavalle morte, attachée à une palissade de jardin, en chasse toutes les chenilles;

que l'eau n'eſt pas froide de ſa nature ; que le ciel eſt un four qui
nous environne , & que nous en
ſommes les charbons ; que , quand
l'oyſeau pivert a remarqué, qu'on a
mis des coins de bois aux trous qu'il
a faits dans un arbre, il les contraint
de ſortir , par le moyen d'une herbe qu'il eſt allé querir, & dont il
connoît la proprieté ; que, quand
on rotte en priant, c'eſt bon ſigne,
& mauvais, quand on pette ; qu'-
un homme a vécu trois cens ans ,
& a rajeuni quatre fois ; qu'il y a
trois ſortes de gens qui ne ſouffri-
ront point le Jugement de Dieu.
1°. Ceux qui ſont dans une grande
pauvreté , parce qu'elle eſt un feu
cuiſant qui purge l'iniquité. 2°. Ceux
qui ſont conſtituez en Charge ,
parce que le monde les juge aſſez.
3°. Ceux qui ſont mal-mariez, parce qu'une mauvaiſe femme eſt un
purgatoire continuel ; qu'Empedo-
cles s'étoit précipité dans les flammes du Mont Gibel, afin que ſon

corps ne se trouvant point, on crût qu'il avoit été transporté dans le ciel, & mis au nombre des Dieux; que, si, aprés avoir été piqué d'un scorpion, on monte tout nud sur un âne, on sera gueri du mal que l'on sent, & l'âne le prendra; qu'à la fin du monde, dans le dernier embrasement, toutes choses seront changées en verre & en pur cristal; que la Salamandre demeure au milieu des flammes, sans se brûler.

On croit, que la Philosophie donne des forces admirables pour soutenir les adversitez. Quelles adversitez? sont-ce les passées · sont-ce les presentes? sont-ce les futures? quant a x passées, cela est certain; pour les futures, cela peut être. Il s'agit donc des presentes. Pour sçavoir ce qui en est, il faut considerer les Philosophes.

E. croit être fort obligé à F. pour la visite de civilité qu'il en a reçûë. F. s'attendoit de ne la rendre qu'au portier d'E.

On croit, à la voir avec des habits si magnifiques, qu'elle a de gros biens. Sa cuisiniere ne le croit pas de même.

On croit, qu'on est beaucoup honorable, à cause qu'on est beaucoup honoré.

* On a crû, que certaines petites pierres, appellées amulettes, préfervent de toutes fortes de maux, & font d'un grand fecours pour les Avocats & autres gens qui font profeffion de parler en public ; que lorfque dans un facrifice, la flamme qui fort des flambeaux, eft bien unie, c'eft un bon augure ; finon, un mauvais ; fi elle a trois pointes, c'eft un prognoftic d'un glorieux évenement ; fi elle eft tres-feparée, préfage de maladie ; fi elle petille, malheur ; fi elle s'éteint, grand peril ; on a crû, que, fi, en dormant, on rêve, qu'on perd de fes cheveux, cela fignifie, que quelques-uns de nos amis font morts ; fi on lave fes mains, chagrin ; fi on voit fes mains fales,

marque de perte ou de danger ; fi
on garde des troupeaux de mou-
tons , préfage de douleur ; fi on
prend des mouches, on recevra injure ; fi une dent tombe , marque
de mort ; fi un Moine fonge, qu'on
luy rafe la tête, bonheur ; fi une
perfonne mariée fonge la même
chofe, malheur ; fi un jeune homme qui fe veut marier , voit en fonge un inftrument mufical , pendant
la pourfuite du mariage, bon augure ;
on a crû, que le monde ne dureroit
que deux mille quatre cens quatre-
vingt-quatre ans.

On croit, que les fciences rendent
ridicule. Cela eft-il bien vray ? il eft
vray qu'une certaine forte de gens le
croyent ; Auffi que d'ignorans par-
my eux , dans ce qu'on appelle le
grand monde ! que de ridiculitez s'y
trouvent auffi ! comment donc faire
fi le ridicule fe trouve par tout ? fe
rendre fçavant. Si l'on paroît ridicule, on s'en confole , par le plaifir
de voir encore plus ridicules ceux

qui ne sçavent rien.

On croit, que cet homme est magnanime ; dites, qu'il est temeraire, emporté , furieux.

On a crû, qu'il faut faire bonne chere & boire du vin le jour de sa naissance, afin de se rendre son genie propice & favorable ; qu'on peut se marier, mais qu'il ne faut point faire usage du mariage.

On croit, que cette femme est bien reglée ; car elle a un habile Directeur ; sa famille ne s'en ressent pas en bien.

N. croit, qu'à cause qu'il a un remede excellent , pour guerir une maladie, il est en droit d'entreprendre de guerir toutes les autres, & de faire toute la Médecine.

O. croit, que sa femme l'aime, parce qu'elle est obligée de l'aimer.

P. croit, qu'il n'importune jamais ; les sots croyent aussi, qu'ils ne sont jamais importuns.

On a crû, qu'il y a une Loy qui donne licence aux Rois de sai-

re tout ce qu'ils veulent ; qu'on ne
doit point recevoir le témoignage
d'un homme qui navige fur la mer;
parce que cette conduite étant celle d'un defefperé , on ne luy doit a-
joûter aucune foy; que c'eft faire
une chofe condamnable , que de
manger la feme'e d'un animal ;
qu'Achille fut tué par Hector ; que
l'air n'eft fujet à aucune corruption;
que le foye & la rate ne font point
les veritables caufes de l'hydropi-
fie; que la liaifon du chien avec fa
femelle , vient de leur incontinen-
ce dans l'Arche de Noé; que le
vin eft le fang de ceux qui firent
autrefois la guerre aux Dieux; par-
que s'étant mêlé avec la terre , la
vigne fut produite de ce mêlange;
que , quand on voit qu'un corps
ne fe corrompt point , c'eft une
marque , que celuy à qui il appartient , a été excommunié; que les
femmes les plus belles , font celles
qui ont le vifage rond & fort bouf-
fi ; que les femmes ne devroient

point prendre leurs rangs selon la
dignité de leurs maris, mais selon
la datte de leur mariage ; qu'une
cigogne ayant été convaincuë par
l'odorat de son mâle, de s'être ac-
couplée avec un autre, elle fut mise en pieces.

On croit, que cet ouvrier est le
plus habile de la Ville ; parce que
M. pour qui on est prévenu, ne se
sert que de luy.

G. croit, qu'il est bien excusé sur
l'imperfection de son ouvrage, quand
il proteste, qu'il l'a fait en tres-peu
de temps, & avec une legere application. Hé que ne s'appliquoit-il davantage, & que n'y mettoit-il plus
de temps ? cet ouvrage étoit-il de
commande ? le pressoit-on de le
donner ? s'agissoit-il de le condamner à quelque peine, s'il ne l'avoit
pas bien-tôt fait.

Q. croit n'ignorer point la verité ; parce qu'il sçait les opinions de
tous ceux qui l'ont cherchée.

☞ On a crû, que chaque mem-

bre s'eſt premierement créé par ſoy-
même , & qu'enſuite, ils ſe ſont
tous joints enſemble par hazard ;
que les ſorciers ne peuvent rien
dans les maiſons où il y a de l'aloës;
que , ſi l'on jette la compoſition
d'un grain de roſe avec un grain
de moutarde & le pied d'une belet-
te dans des filets , tous les poiſſons
y viendront ; que Mahomet , à la
fin du monde , dans le temps du
grand Jugement, ſe changera en
mouton ; que les Turcs ſe fourre-
ront dans ſa laine, comme des pu-
ces ; qu'il s'élevera en l'air, ſe ſe-
coüant de toutes ſes forces ; que
ceux qui y reſteront, ſeront bien-
heureux , & que ceux qui tombe-
ront, ſeront damnez ; que l'Elephant
n'entre point dans un navire , à
moins que ſon maître ne l'aſſûre
avec ſerment, qu'il le ramenera au
lieu d'où il part.

On croit, qu'une choſe eſt bien difficile, parce qu'on a de la peine à la
faire ; elle ſeroit plus facile, ſi on

ne la faisoit pas malgré soi.

R. croit qu'elle a rompu tout de bon avec son amant. Pour être certain , que cela est vrai , il faut attendre qu'ils se soient vûs ; car elle veut lui parler & lui faire de grands reproches. Approche du feu vers les étoupes.

☞ On a crû , que le Roitelet, étant mis à la broche, se tourne lui-même jusqu'à ce qu'il soit cuit ; qu'on peut prêter de l'argent à rendre dans l'autre monde , & écrire aux personnes mortes, que pour cela , il n'y a qu'à jetter les lettres dans le bucher ; qu'il y a cinq élemens ; sçavoir , le feu, l'eau, la terre, les metaux & le bois ; que le lion craint extrémement le feu ; que , quand on prend ou l'on tuë de jeunes oyseaux, on commet un crime capital ; que lorsqu'on touche de la main un certain lac , le vent de midi se leve aussi-tôt ; qu'il doit être permis de tuer les poltrons ; qu'on trouva un bœuf sans cœur , ce qui fut de mauvais

II. Partie. Q

augure ; qu'il faut changer le nom
des enfans , lorfqu'aprés les fix premieres femaines de leur naiffance ,
ils deviennent malades ; que Vefpa-
fien guerit un aveugle , en crachant
fur fes yeux , & une main eftropiée ,
en marchant deffus ; qu'une Ifle
plus grande que toute l'Europe abî-
ma dans l'Ocean Atlantique ; qu'il
y a un cimetiere dans lequel la langue des femmes eft celle de toutes
les parties de leur corps , qui pour-
rit la derniere ; que l'on offenfe
Dieu mortellement , quand on laiffe
le frein dans la bouche d'un cheval ,
lorfqu'il doit repaître.

On croit, que fi l'on avoit ce qu'on
fouhaite , on ne fouhaiteroit plus
rien.

S. croit, que ceux-là ont toûjours
grand tort , qui ne fuivent pas les
confeils qu'il donne.

La plus-part des Auteurs croyent,
qu'on ne peut rien ajoûter à leurs
ouvrages , ou en retrancher , fans
en gâter ce qu'il y a de meilleur.

On croit, qu'on sera fidele à s'acquiter des promesses qu'on a faites dans le commencement & dans l'ardeur d'une passion.

¶ On a cru, que l'usage qui demande en certain païs, qu'en fait de mariage, les parens de la fille fassent la recherche, est le plus raisonnable ; que la generation de la vipere se fait par l'introduction de la tête du masle dans la gueule de la femelle & que celle-ci ensuite coupe la tête du masle ; que des peuples deviennent loups tous les ans, pendant, quelques jours ; qu'il n'y a rien dans l'entendement qui n'ait passé par les sens ; que Pythagore avoit une cuisse d'or ; qu'il y a de l'immodestie & du peché à laisser croître les sourcils & les cheveux ; que le demon joüira quelque jour de la souveraine felicité ; qu'il y a des diamans qui conçoivent & qui fructifient ; qu'il faut que les femmes grosses qui se sont blessées, avallent de la soye cramoisie ; que, si des vers se sont engendrez dans une playe, pour les faire tomber ou mourir, il faut cacher sous l'écorce d'un tremble avant le soleil levé, du poil de l'homme ou de la bête qui porte la playe, & faire la même chose pendant quelques jours ; que le globe de la terre est soûtenu par un serpent, armé de mille têtes, que ce serpent l'est aussi par mille élephans qui se tiennent debout sur l'échine d'une tortuë, laquelle d'elle-même demeure ferme & immobile à fleur d'eau ; qu'un dragon ressuscita un de ses petits avec le jus d'une herbe ; que les femmes seront sauvées par les femmes ; que, si l'on attache de l'herbe melisse au coup d'un bœuf, il suivra par tout celui qui la lui aura attachée ; qu'il n'y a jamais eû de siege de Troye ; que le soleil étoit si lent au commencement du monde, qu'une journée valoit dix de nos mois ; que les mouches, nourries du sang d'Alexandre le Grand, étoient bien plus vaillan-

tes que les autres ; que rien ne fied
mieux aux hommes & aux femmes,
que les grandes panfes & les groffes
bedaines ; que fi la Lune eft en croif-
fant lorfque la femme devient groffe,
elle aura un garçon.

On croit, qu'on obtiendra ce qu'on
demande ; parce qu'on fe flate de le
meriter.

Que de peres & de meres croyent
qu'ils doivent attribuer aux maîtres
les défauts de leurs enfans, fans faire réflexion, que ce font eux-mêmes, qui par leurs exemples ou par
leurs lâches condefcendances, cau-
fent ces défauts !

T. croit, qu'à caufe de fon élevation-
tion, perfonne ne remarque en lui
que de la grandeur ; que ne croit-il
pluftôt, que fes petiteffes n'échapent
point ; car on fouhaite beaucoup en
découvrir, & il eft fort en veuë.

On a crû, que le crocodile a-
voit la mâcheoire d'en haut, mo-
bile ; qu'il fe trouvoit des femmes

veluës qui conçoivent, quand il leur plaît, ſans qu'elles ayent beſoin d'homme pour cela ; que les Cieux font par leurs mouvemens, une harmonie que l'on peut entendre ici ; que la femme eſt un monſtre de nature ; que le chant du coq met le lion en fuite ; qu'un jour il tomba du Ciel une pierre qui peſoit ſix vingt livres ; qu'on ne devroit point punir de mort les coupables, parce que Dieu ſeul a pouvoir d'ôter la vie ; qu'un enfant naquit avec une dent d'or ; que toutes choſes font compoſées d'eau, & ſe reſolvent en eau.

On croit, que l'on feroit toûjours fort liberal, ſi l'on avoit de quoi donner.

V. croit qu'il s'attire de l'admiration & même de l'eſtime ; parce qu'il montre un riche bijou & d'un travail exquis qu'il vient d'acheter une ſomme conſiderable, & que perſonne n'en a de pareil.

X. croit, qu'à caufe, qu'il ne doute point, il a raifon de fe flater de
bien fçavoir.

☞ On a crû, qu'on avoit trouvé aux mines du nouveau monde,
un denier où étoit gravée l'image
d'Augufte ; qu'il y avoit une famille dont les hommes paffoient dans
le feu, fans fe brûler ; que les abeil-
les meurent ou quittent leurs ru-
ches, quand le maître ou la maîtreffe
de la maifon meurent ; que le trem-
blement involontaire de la paupiere
d'en haut, eft d'un bon augure ;
qu'il y a une montagne qui trouble
tellement l'efprit des voleurs, qui
en veulent emporter quelque chofe,
qu'il leur eft impoffible d'en fortir ;
au lieu qu'on trouve facilement une
iffuë, quand on y eft entré pour
quelque autre deffein ; que c'étoit
une erreur condamnable, de croire,
qu'il y avoit des antipodes.

On croit, que, parce qu'on eft
fenfiblement touché d'un bien-fait
au moment, qu'on le reçoit, on ne

manquera jamais d'en avoir de la reconnoiſſance.

On croit que cet homme eſt fort courageux. Il eſt ſeulement colere.

On croit que P. eſt liberal ; Son intereſt & ſa vanité trouveront leur compte dans les liberalitez qu'il fait.

¶ On a crû, que les palmiers & grenadiers ne fructifient, que par les approches du maſle & de la femelle ; qu'il faut toûjours boire chaud, pour entretenir la ſanté ; que le chameau a une veritable boſſe ſur le dos ; que l'autruche fait éclore ſes œufs, ſeulement en attachant ſa veuë deſſus ; qu'il n'y a rien d'honnête, de malhonnête, d'injuſte & d'équitable ; que c'eſt faire affront à un homme, de lui demander en préſence de quelqu'un, de quelle famille eſt ſa femme, ſi elle eſt laide ou belle, ou comment elle ſe porte.

On croit, qu'il n'y a pas de meilleur Médecin, que celui en qui l'on a confiance.

Qu'on

Qu'on feroit beaucoup mieux, que ceux qui possedent ces grands emplois, destinez pour le gouvernement de l'Etat.

M. croit, que, parce qu'il est severe pour lui-même, il ne doit avoir aucune condescendance pour les autres.

❧ On a crû, qu'une espece d'orge se flêtrit & revit, à mesure qu'on la touche ou qu'on s'en éloigne ; que l'ame sortant du corps, si elle est débile & foible, comme celle des Ignorans, elle reste en consistence avec le corps, mais que les ames qui sont fortes, comme celles des sages & des sçavans, dureront jusqu'à l'embrasement du monde ; qu'une fontaine donnoit la santé aux malades, causoit la maladie aux sains, & la mort aux bêtes ; que la rose a été produite de la sueur de Mahomet.

On croit, qu'on se contenteroit d'un benefice qui donneroit le necessaire, sans demander rien davantage.

Part. II. R

manquera jamais d'en avoir de la reconnoissance.

On croit que cet homme est fort courageux. Il est seulement colere.

On croit que P. est liberal ; Son interest & sa vanité trouveront leur compte dans les liberalitez qu'il fait.

§ On a crû, que les palmiers & grenadiers ne fructifient, que par les approches du maste & de la femelle ; qu'il faut toûjours boire chaud, pour entretenir la santé ; que le chameau a une veritable bosse sur le dos ; que l'autruche fait éclore ses œufs, seulement en attachant sa veuë dessus ; qu'il n'y a rien d'honnête, de malhonnête, d'injuste & d'équitable ; que c'est faire affront à un homme, de lui demander en présence de quelqu'un, de quelle famille est sa femme, si elle est laide ou belle, ou comment elle se porte.

On croit, qu'il n'y a pas de meilleur Médecin, que celui en qui l'on a confiance.

Qu'on

Qu'on feroit beaucoup mieux, que ceux qui poſſédent ces grands emplois, deſtinez pour le gouvernement de l'Etat.

M. croit, que, parce qu'il eſt ſevere pour lui-même, il ne doit avoir aucune condeſcendance pour les autres.

❦ On a crû, qu'une eſpece d'orge ſe flétrit & revit, à meſure qu'on la touche ou qu'on s'en éloigne ; que l'ame ſortant du corps, ſi elle eſt débile & foible, comme celle des Ignorans, elle reſte en conſiſtence avec le corps, mais que les ames qui ſont fortes, comme celles des ſages & des ſçavans, dureront juſqu'à l'embraſement du monde ; qu'une fontaine donnoit la ſanté aux malades, cauſoit la maladie aux ſains, & la mort aux bêtes ; que la roſe a été produite de la ſueur de Mahomet.

On croit, qu'on ſe contenteroit d'un benefice qui donneroit le neceſſaire, ſans demander rien davantage.

Que l'on auroit plus de foi, si l'on voyoit de veritables miracles ; On demanderoit peut-être tant de démonstrations évidentes de la verité de ces miracles , que la foi n'en n'en deviendroit pas plus grande.

Qu'elle pleure de bonne foi la perte de son mari. C'est la coûtume, c'est un devoir.

☞ On a crû, que Cingis Cam des Tartares, étoit né d'une Vierge & conçû des rayons du Soleil ; que des élephans ont dansé sur la corde ; que l'on est coupable d'un crime qui merite la mort, si l'on a bû du vin, sans que le Médecin l'ait ordonné , quand même on seroit gueri ; que l'encens ne peut être dérobé ; que des gens ont parlé en dormant, ou pendant quelques maladies , toutes sortes de langues , sans qu'ils les eussent jamais apprises ; que dans les maladies , les jours critiques doivent être observez , parce qu'ils sont de grande consequence.

On croit , que cette questeuse s'est

magnifiquement & coquettement pa-
rée , bien moins par complaifance
pour elle-même , que par le défir d'at-
tirer beaucoup de charitez pour les
pauvres.

Que tout ce qui part d'un homme de bonne réputation , eft parfait.

Que ceux qui font ce qu'on appelle une belle mort , meurent heureufement.

¶ On a crû , qu'Archimede mit
le feu , par le moyen d'un miroir
ardent , à la flotte des Romains
qui affiegeoient la ville de Syracufe,
où il étoit ; qu'une Veftale prouva
fa chafteté, en tirant un navire avec
fa ceinture , & une autre , en portant de l'eau dans un crible , fans la
répandre ; que le corail met en fuite
les mauvais genies ; que la terre eft
platte , comme un baffin , & creufé au
milieu ; que fi l'on fe baigne dans la
mer pendant l'éclypfe de la Lune,
on eft lavé de fes pechez ; que les
gens de Lettres font les feuls vérita-

bles nobles ; qu'en fait de luxure, il n'y a que ceux qui follicitent les premiers, qui foient coupables.

On croit, qu'on eft beaucoup aimé ; parce qu'en apportant, on eft fort bien receu.

Que l'on montre un grand courage en fe donnant la mort ; on peut croire auffi, que par ce défefpoir, on montre qu'on eft trop lâche, pour foûtenir ce qui défefpere.

C. croit que cet homme qui recherche fa fille, fera toûjours auffi refpectueux & auffi foûmis, qu'il l'eft à préfent.

On a crû, qu'on a vomi des cloux, des épingles, du plomb, de la monnoye, des pierres, fans avoir rien avallé de tout cela ; qu'un lac fubmerge tous ceux qui y parlent deshonnêtement ; que le monde eft envelopé d'une tunique ou membrane ; que, quand un Empereur touche la terre du pied, on a droit de le dépofer de l'Empire ; qu'un arbre ne portoit du fruit, qu'aprés cent ans ; qu'il eft tombé un morceau de grefle, gros. de fept pieds en quarré ; que la tête d'Orphée rendoit des oracles.

On croit, à caufe qu'on a un carrofle, qu'on ne pourroit jamais aller à pied.

Qu'on eft fort miferable. Ne feroit-on pas mieux de croire, qu'on eft trop fenfible ?

Qu'en méprifant la grandeur, on fe fait grand foi-même.

Qu'elle eft beaucoup affligée, à caufe qu'elle pleure beaucoup. Elle pleureroit auffi beaucoup pour la perte de fon chat ou de fon chien.

☞ On a crû, qu'il doit être permis aux maîtres de tuer leurs ferviteurs ; que le pain n'eft propre que pour les bêtes ; qu'un enfant, aprés avoir été deux ans dans le ventre de fa mere, il en fortit, en marchant & en parlant ; que l'antimoine, de quelque maniere qu'on le prépare, eft un dangereux poifon,

R iij

& qu'infi, il le faut bannir de la médecine ; que les éléphans ne se cou-
chent jamais ; que les dents du cheval marin arrêtent le sang ; qu'il y
a du cuivre qu'on seme, & qui pouf-
se comme une plante.

On croit, qu'il n'est pas necessaire
de donner d'abord aux enfans d'habiles maîtres.

O. croit mériter les applaudisse-
mens qu'on donne à l'ouvrage qu'il
vient de lire, aprés le grand regal
qu'il a donné à ceux qui l'applau-
dissent.

P. croit qu'avec soixante & dix
ans, il est encore aussi vigoureux
qu'un jeune homme, pourvû qu'il
puisse faire quelque cabriolle ;
aprés avoir pourtant pris la précaution de la faire auprés d'une table
ou du dos d'un fauteüil, pour se
soûtenir en cas de necessité.

¶ On a crû, que les Romarains
se font sentir à cent lieuës du lieu
où ils sont plantez ; que Democrite
se creva les yeux, afin de mieux mé-

diter ; qu'il n'y a que les ames des hommes de vertu , qui foient immortelles ; que la Lune n'emprunte pas fa lumiere du Soleil , mais qu'elle lui eft propre & qu'elle la produit par elle-même ; qu'il faut bien fe donner de garde de répandre du vin fur les autels du Soleil , parce qu'il pourroit s'enyvrer & aller de travers ; qu'il eft mal-honête de manger de la foupe avec des cuilleres , mais que les doigts font bien plus convenables.

On croit , que le Médecin a toûjours tort , quand fon malade meurt.

* Que P. eft fort loüable , en ce qu'il n'eft point opiniâtre & qu'il fe rend d'abord. Ne feroit-il point auffi , fans efprit , ignorant , foible , tout difpofé à fe laiffer entraîner où l'on veut , fans fçavoir pourquoi ?

Qu'on a quantité d'amis , à caufe que quantité difent qu'ils le font.

On a crû , que l'on doit toû-

jours donner & laisser le côté gauche aux gens les plus qualifiez, parce qu'il est le plus honorable ; que
c'est un grand crime d'éteindre une
chandelle, mais qu'il faut seulement
l'agiter ; que les crocodiles de l'E-
gypte sont doux pendant les sept
jours de la fête de la naissance du
dieu Apis ; que la cigale vit, s'en-
vole & chante, après avoir eû la
tête coupée ; que, quand les éléphans voyent leurs compagnons
tombez dans des fosses, ils leur
portent des pièces de bois, afin de
les aider à en sortir ; qu'il est faux,
qu'il y ait quatre humeurs qui entrent dans la composition de nôtre
corps.

On croit, Que c'est par amour &
attachement pour la verité, que Y.
ne ment point. On peut aussi ne pas
mentir, par un retour d'amour propre, parce qu'on sçait que les men-
teurs sont toûjours méprisez des honnêtes gens.

L. croit, ou pluftôt, se fait un

plaifir de croire, que tout le monde eſt méchant , afin de n'avoir
point de remords pour ſes méchan-
cetez.

☞ On a crû, que, ſi l'on coupe
la gorge d'un crapaud, une heure
aprés , on trouvera, qu'il aura un
œil ouvert & l'autre fermé, que l'on
prenne celui qui eſt ouvert , & qu'on
le mette dans le chatton d'une ba-
ʒue , & celui qui eſt fermé ; dans
le chatton d'une autre bague ; avec
le premier, on veillera toûjours ; avec
l'autre , on dormira facilement.

On croit , que la fortune eſt contraire à cet homme ; il n'eſt pourtant tombé , que parce qu'il n'a pas
eû la force, l'adreſſe , la prudence,
la conduite neceſſaire, pour ſe ſoû-
tenir.

Qu'elle a une veritable tendreſſe ;
& cependant ce n'eſt qu'une molleſſe
de complexion.

Vous croyez, que C. eſt humble ;
parce qu'il s'eſt placé au deſſous de
nous. Vous êtes ſi au deſſous de lui

par vôtre condition , qu'il fçait ,
que vous ne lui contefteriez pas vôtre place , s'il la demandoit. En feroit-il autant envers fon égal ?

¶ On a crû , que , quand on
ignore la danfe , on ne peut paffer
pour être habile dans aucune fçience , ni dans aucun art ; que l'on doit
faire payer l'amende à ceux qui fe
font trop aimer ; que l'eau de la
mer eft faine & déicieufe ; qu'un
des mots les plus fales qu'on puiffe
prononcer, c'eft le nom de femme ;
qu'un animal peut être changé en
un autre animal , & que la génération d'un corps n'eft pas la corruption d'un autre ; qu'une vafte forêt parut tout d'un coup aprés de
grandes pluyes ; que toutes les vertus font égales, tous les vices égaux,
& , que , qui a une vertu , les a toutes ; qu'on a vû une baleine, longue
de fix cens pieds, large de trois cens
foixante , & qu'elle portoit fur elle
des arbres , des Ifles & une petite
foreft ; que les Fleuves font fortis

d'une cruche fenduë ; que , ſi un
blanc étoit entré chez de certains
peuples , il n'y tomberoit plus de
pluye ; que lorſqu'un homme meurt
avec une queuë de vache à la main,
il doit eſperer , qu'il ſera heureux
dans l'autre vie ; qu'il y a eû des
hommes , moitié hommes & moitié
chevaux ; que , quand une femme
a trop parlé , il lui faut coûdre la
bouche , & que quand elle n'a pas
aſſez parlé , il la lui faut fendre juſqu'aux oreilles.

On croit , que G. a donné un ma-
gnifique repas avec nobleſſe & generoſité ; Son Cuiſinier ne conviendra
dra pas demain de cette generoſité
& de cette nobleſſe , quand il
rendra compte de la dépenſe de
ce repas. G. a été le martyr de ſa
vanité. Commercer de l'argent pour
de la gloire.

R. croit qu'auſſi-tôt qu'il a parlé ,
l'enfant dont il eſt le maître , doit
être parfaitement au fait de tout ce
qu'il lui a dit.

* On a crû, qu'il y a eû des gens qui lioient les vents pour les empêcher de souffler ; qu'on peut produire un homme, par une autre voye, que par celle de la génération ordinaire ; que l'on guerira du mal de dents si l'on fiche dans un poirier une dent de forme semblable à celle qui fait de la douleur ; que la porcelaine est composée de coques d'œufs, broyées, & de certaines coquilles de mer, enfermées dans la terre pendant quatre-vingt ou cent ans.

On croit, qu'on est autant digne de loüange, qu'on est loüé.

C. croit qu'il rompra véritablement & pour toûjours avec cette femme qu'il aime, aussi-tôt qu'il lui aura fait en face les reproches qu'elle mérite.

On croit, qu'en se montrant possesseur d'une grande bibliotheque, on prouve, qu'on possede un grand sçavoir.

❧ On a crû, que, si la conscience

d'un Roy l'empêche de faire injustice, il doit en même temps se dé-
mettre de son Royaume ; qu'il y a
si long-temps , que le monde dure ,
qu'on peut compter quatre cens soixante & dix mille ans , avant l'ex-
pédition du grand Alexandre ; que
les biches ne faonnent jamais, que,
quand le tonnerre gronde ; que,
pour vivre long-temps , il faut boire
toûjours du vin nouveau , & manger du pain , fait des premiers bleds ;
que les macreufes s'engendrent de
bois pourri ou de feüilles d'arbres ;
que l'on ne doit jamais faire aucune
figure qui repréfente le Soleil ; que,
quand les oyes veulent paffer la Ci-
licie par deffus le Mont Taurus ,
qui eft plein d'aigles , elles prennent en leur bec une groffe pierre,
pour s'empêcher de crier , afin que,
paffant pendant la nuit , elles ne
foient veuës ni entenduës des aigles.

On croit, qu'on eft bon , parce qu'on
eft meilleur , que les plus méchans.

Que N. eft fort affligé. Le paroſ-
troit-il autant, ſi on ne le voyoit
pas ?

Que H. méprife veritablement la
faveur. Il fent bien , qu'il ne doit
pas prétendre y arriver.

Que T. eft fort defintereflé ;
oüy , pour ce que vous voyez ; non
pour ce que vous ne pénetrez pas.

☞ On a crû, que c'eſt une in-
famie de marcher les pieds chauf-
fez ; qu'il n'eſt pas vray, qu'il y ait
des ingrats ; qu'il y a des peuples ,
dont les uns ont les yeux derriere
la tête ; les autres , un œil au milieu
du front ; d'autres , deux prunelles
à chaque œil ; d'autres, les yeux aux
épaules ; d'autres, quatre yeux ; que
le jus d'une orange perce au travers d'un verre ; que le mot , *abra-*
cadabra , écrit d'une certaine maniere , a des proprietez admirables.

On croit, qu'on paffe agreablement
la vie avec ce plaifant de profeffion ;
fa femme , fes enfans & fes domeſ-

tiques croyent affûrément, ou plûtôt fentent bien le contraire.

Qu'on a fujet de fe plaindre ,
quand on n'eft pas exaucé, quand
on n'obtient pas ce qu'on demande.
C'eft qu'on ne fçait donc pas, qu'il
faut que ce qu'on demande foit
jufte & raifonnable, qu'on le merite , & qu'on le puiffe accorder.

¶ On a crû, qu'une perfonne vécut trois ans, aprés avoir perdu toute la fubftance de fon cerveau ; que
c'eft pecher, de couper un arbre
fans néceffité ; que les foux font les
mignons du ciel ; que les vipereaux
déchirent les flancs de leur mere,
pour naître.

On croit , que R. eft veritablement
un brave, un magnanime, un Heros, parce qu'au milieu d'un combat affreux, il a méprifé ferieufement la mort. Oüy ; mais il faifoit
grand cas des jugemens qu'on pourroit porter de luy.

Que parce qu'il fe trouve de faux
devots, tous ceux qui font profef-

fion de pieté, font hypocrites.

* On a crû, que, fi l'on touche le Crocodile des plumes de l'Ibis, il devient immobile; que le Soleil eft la réflexion de la lumiere qui eft fur la terre.

On croit, qu'on a droit de maltraiter un Auteur; parce qu'on croit devoir employer tout fon fçavoir faire, pour détruire fes opinions.

Que cet homme eft fage; parce qu'il eft melancholique.

Que c'eft être docte, de ne rien ignorer de ce que tous les autres ne fe foucient point de fçavoir.

On a crû que les étoiles font compofées d'une terre enflammée; que, fi l'on attache les pieds d'un lievre à un lit, les punaifes n'en approcheront pas; qu'il y a eu des hommes qui voyoient à travers la terre, à plus de vingt piques de profondeur; que ceux qui courent le mieux font les plus dignes d'être Rois; que l'ambre eft une larme d'oyfeau; que la Ville de Rome a

été

été bâtie avant celle de Troye ; que les Sçavans ne peuvent pas vivre long-temps.

On croit, que cet homme eſt heureux au milieu de ſa magnificence. Il eſt vray, qu'il la montre avec plaiſir, avec grande complaiſance pour ſoy-même, à la vûë des applaudiſſemens qu'on a la bonté de luy donner. Mais, quand, il ne la montre pas, & qu'étant ſeul, il s'abandonne à ſes réflexions, quels chagrins, quelles inquietudes, parce qu'il luy faut chercher de quoy payer & entretenir cette magnificence !

J. croit qu'il doit être extrêmement auſtere dans la morale qu'il debite aux autres. Qu'il le ſoit, s'il veut qu'on le haïſſe plus que le peché.

☞ On a crû, que la terre eſt platte, quarrée, & environnée d'une muraille, où ſont gravez les ſecrets de la nature ; que les Elephans paſſant devant une maiſon où ils

ont été bien traitez, baissent la tête, pour marquer leur reconnoissance ; que le feu est le principe de
toutes choses ; que les bons Danseurs sont les plus propres à faire la
guerre ; qu'il y a cinq Elemens, sçavoir la terre, l'eau, le sel, l'esprit &
le soulphre ; que nous avons deux
ombres, dont l'une nous est ôtée
un mois avant la mort ; qu'il parut
une figure de lion au milieu des
flammes qui tomberent sur le sacri-
fice d'Abel, pour marquer le lion de
la Tribu de Juda, dont il fut parlé
dans la suite ; que les Fleuves Vul-
turne & Glanis remonterent vers
leurs sources, en faveur des habi-
tans de Cumes ; que des Singes ont
joüé aux échets & de la guitarre ;
qu'un Astrologue devinoit ce qu'on
avoit songé ; que la salive de l'homme à jeun, tuë les serpens, les cra-
pauds & les scolopendres.

On croit, qu'on n'est pas reprehen-
sible, quand, en parlant mal d'un
Ecclesiastique, on prend la précau-

tion de dire ; sauf le respect qui est
dû à son caractere.

D. croit avoir bien caché son lar-
cin, & n'avoir point lieu de craindre d'être soupçonné de *plagiairis-
me*, parce qu'il l'a revêtu d'autres
termes, appliqué à d'autres sujets,
& tourné, pour ainsi dire, à l'envers.

¶ On a crû, que la chaleur de
quelques fontaines vient des pleurs
des mauvais Anges ; que c'est une
civilité de se tenir assis pour recevoir visite ; qu'un oyseau, sans langue & sans aîles, avale le fer, les
charbons ardens & les glaçons ; que
l'oyseau Ruth enleve un Elephant ;
que les femmes n'ont point d'ame ;
que la sagesse de l'homme consiste
en sa main ; que c'est un mauvais
augure pour la pêche, si une femme marche sur le filet.

On croit, que les femmes ont
beaucoup plus de foiblesse que les
hommes. Malheureusement pour
ceux qui le croyent, ils ne peuvent

se défendre d'elles, & se soumettent à tout ce qu'elles veulent.

Que ce Prédicateur est penetré des veritez qu'il annonce. Ce Comedien n'est point amoureux de cette Princesse, quoyqu'il paroisse excessivement passionné pour elle.

* On a crû, qu'un Therebinthe a duré cinq mille ans, toûjours verd & fleurissant; que l'éclypse du Soleil se fait, quand la bouche, par où sort la chaleur du feu est fermée; qu'une espatule d'airain tomba un jour du ciel; que deux bœufs avec leur charruë, furent tenus suspendus en l'air par une tempête; que, qui va boire trois Samedis avant le Soleil levé, de l'eau d'une certaine fontaine, guerit de la passion d'amour, s'il en est travaillé; que, quand quelqu'un part pour aller en voyage, il faut jetter aprés luy de l'eau, afin qu'il revienne bien-tôt.

On croit, que les Rois, les Grands, les Riches sont heureux. Ils pourront l'être s'ils le croyent eux-mêmes autant que les autres le croyent,

N. croit, que ceux-là difent toûjours vray, qui parlent ainfi qu'il
parleroit luy-même.

M. croit, que dans la place élevée
qu'il occupe, les honneurs qu'on luy
fait, font du moins autant pour luy,
que pour cette place.

❊ On a crû, qu'un cerf enten-
doit la Langue Grecque ; que les
femmes doivent être communes ;
que l'Antechrift feul pourra entendre les écrits d'Ariftote, & s'en fer-
vira, pour difputer contre ceux qu'il
voudra féduire ; que les plus vieux
devroient être choifis pour regner ;
que les Nobles ont droit de tuer
leurs Inferieurs, quand ils les ren-
contrent ; qu'il y a une ville qu'on
ne peut jamais trouver deux fois ;
qu'on ne doit point mêler les pillules avec les alimens ; que, fi l'on
met des mouches feches en poudre, qu'on arrofe d'eau de pluye
cette poudre, & qu'on l'expofe enfuite au Soleil, il s'en formera des

mouches ; que la boiſſon qui coule dans les tuyaux de plomb, eſt mauvaiſe à boire ; qu'il y a un lac, où l'on ne voit du poiſſon qu'en Carême, ou quand la pêche eſt permiſe ; que les femelles des rats deviennent pleines en léchant du ſel ; qu'il y a du deshonneur à tuer une bête ; que la mer eſt la ſueur de la terre échauffée ; que le diable ſe niche dans les cheveux, quand on les laiſſe croître.

On croit, que cet homme eſt fort obligeant ; parce qu'il offre ſes ſervices à tout le monde. Que ne dit-on plûtôt, qu'il les offre ſeulement à ceux de qui il eſpere du retour ?

Que cette femme pleure de bonne foy la perte qu'elle vient de faire de ſon mary. Ces marques de ſon fidel attachement, luy en feront trouver plus facilement un autre. Apparemment, elle n'eſt pas incapable de cette réflexion.

☞ On a crû, qu'il y a une Iſle, où aucun animal feminin ne peut vivre ; que les bourreaux meritent titre de Noblesse, quand ils ont coupé un certain nombre de têtes ; qu'un homme aprés avoir eu le cœur arraché, prononça ces mots; *Chevaliers, ils m'ont tué*; que c'est faire injure à une personne, que de luy reprocher, que ses parens sont morts.

On croit, que toutes Coûtumes differentes de celles de son païs, sont ridicules.

M. croit qu'étant appellé au travail, il peut legitimement le quitter, pour s'adonner à la contemplation.

Les Grands croyent d'ordinaire, qu'ils sont naturellement habiles, qu'on leur doit tout, & qu'ils ne doivent rien.

G. croit qu'il ne seroit point veritablement devot, s'il n'avoit des manieres dures & farouches.

¶ On a crû, que Mahomet vit un Ange qui avoit d'un œil à l'autre soixante & dix mille journées; qu'il

en vit un autre qui étoit ſoixante &
dix mille fois plus reſplendiſſant
que le Soleil ; qu'il avoit ſoixante &
dix mille têtes avec autant de viſa-
ges , & en chaque viſage pareil nombre de bouches , chacune de ſoixante & dix mille langues , & chaque
langue d'autant de ſortes de voix ,
chantant autant de diverſes loüan-
ges à Dieu ; qu'en chacun de ces vi-
ſages étoient ſoixante & dix mille
paires d'yeux , & en chacun ſoixante & dix mille prunelles , dont les
paupieres clignoient & s'ouvroient
ſoixante & dix mille fois chaque
jour pour la crainte de Dieu.

On croit , que c'eſt par zele , qu'on
ſe ſcandaliſe des moindres défauts
des gens de bien. C'eſt ſouvent parce
que n'étant point vertueux , on ſe
fait un plaiſir de trouver à redire à
la vertu.

O. croit qu'il a bonne grace de
porter un habit different de celuy
qu'exige ſa profeſſion ; il faudroit
pour cela que ce fût une choſe gra-
cieuſe

cieufe, que de rougir de fon état.

* On a crû, qu'il y a fept mers ; la premiere d'eau, la feconde de laict, la troifiéme de crême, la qua- triéme de beurre, la cinquiéme de fel, la fixiéme de fucre, & la fep- tiéme de vin ; que, quand les chiens heurlent, c'eft un mauvais augure ; qu'il n'y a ny mal ny indécence à faire publiquement toutes les actions naturelles ; que la nature n'eft au- tre chofe que des nombres ; que trois ames nous dominent, dont l'u- ne eft placée au cœur, l'autre à la tête, & la troifiéme au bras ; qu'il n'eft pas civil de manger, quand on feftine fes amis ; que la virginité eft méprifable ; qu'il faut être chafte pour recueillir l'encens ; qu'on ôte la rate aux couriers du Grand Sei- gneur ; qu'il y a des vers qui font de la cire ; que la corne du Rhino- ceros a d'excellentes proprietez ; que la vûë du bafilic tuë ceux qu'il regarde ; &, que, fi on luy pre- fente un miroir, & qu'il fe regarde dedans, il se donne la mort à luy-même.

On croit, que B. dit vray, quand il assûre, qu'il aime cette femme plus que luy-même. Patience. Elle connoîtra qu'il s'aime du moins autant. Qu'elle refuse toûjours, pour en faire l'épreuve.

G. croit, qu'en loüant indifferemment tout le monde, il se fait tout le monde amy. Je croirois plutôt, qu'il fait pitié à tout le monde.

H. croit qu'il n'ennuye personne. Il ne parle pourtant presque toûjours que de luy-même.

☞ On a crû, que le porphirion s'étrangle, quand une femme a commis un adultere; que l'on chasse la peste par le secours de la musique, & que le son des flûtes guerit la morsure des viperes; que tant qu'il y a un cadavre dans un vaisseau de mer, la boussole ne montre pas juste; que Remus ne fut pas tué par Romulus, puisque celuy-cy mourut le premier; que l'administra-

tion de la nature univerfelle dé-
pend de la Lune; que dans un endroit de l'Amerique, l'or pouffe &
fort de la terre, comme une plante; qu'il y a un fixiéme fens & def-
tiné pour la volupté; que l'on fera
du bien à un mort, fi l'on tuë des
grenoüilles, des ferpens & autres
infectes.

On croit, qu'en faifant fouvent de
petites fautes, cela ne tire à aucune
mauvaife confequence; oüy, fi l'on
étoit affûré qu'elles n'attireront pas
infenfiblement dans de grandes.

H. croit, qu'en parlant de fes
malheurs & de fes infirmitez à tous
ceux qu'il rencontre, ils y prennent
part, & en font fenfiblement touchez.

☞ On a crû, que c'eft un mauvais prefage de n'éternuer qu'une
fois; que les grandes bouches font
les plus feantes; qu'il eft tombé u-
ne grêle qui reprefentoit des faces
de femmes & d'hommes, portant
des barbes, de grands cheveux &
des couvre-Chefs; que les étoiles

sont des pierres enflammées, & qu'-
un jour il en tomba une du ciel ;
que, quand on fait un mauvais
songe, il faut se purger, en se lavant la tête & les mains avec du
vin & de l'eau ; qu'il ne faut pas
semer du bled le jour de Saint Leger, de peur qu'il ne devienne leger ; qu'il y a des peuples qui dor-
ment pendant cinq mois de l'année.

On croit, que les malheureux sont
toûjours coupables.

F. croit, qu'en disant à tous propos un mot nouveau, il donne à
tous propos des preuves de sa capacité.

Ce pere croit, qu'il ne doit rien
faire connoître de ses affaires à son
fils. Celuy-là meurt, & celuy-cy se
trouve fort embarraffé.

M. croit qu'il doit flater les défauts des autres, afin de mettre les
siens en sûreté.

§ On a crû, que les plus petits
yeux sont les plus beaux, les plus

agreables & les plus engageans ; qu'il y a des villes élevées à la sommité des arbres ; que le cygne chante, quand il est prés de mourir ; qu'une fontaine dessechoit les yeux de ceux qui mettant la main sur les eaux, faisoient un faux serment ; qu'il y a un arbre, sous lequel on ne peut dormir, sans être battu de coups de pierres, & sans cependant qu'on puisse sçavoir d'où elles viennent ; que les gens qui ne sçavent point de musique, ne font que des stupides.

On croit, que plus on est craint, mieux on établit son autorité ; j'ajoûte ; & plus on a sujet de craindre.

K. croit, qu'on luy doit tenir compte de sa facilité à pardonner. Qu'il s'en tienne compte à luy-même, qui sçait qu'il a besoin de pardon.

L. croit qu'il n'aime que la liberté, & qu'il ne néglige rien, pour l'avoir. N'a-t-il point de passion, &

n'en aura-t-il jamais ?

 * On a crû, qu'une fontaine jet-
toit tous les jours du vin ; que les
Roſſignols qui étoient nez auprés du
tombeau d'Orphée, chantoient plus
melodieuſement que tous les autres ;
qu'il ne faut jamais faire plaiſir aux
vieux ; qu'on vivra long-temps, ſi
l'on mange toûjours avant que d'a-
voir faim, & ſi l'on boit avant que
d'avoir ſoif ; que la Ville de Troye
ne fut point priſe par les Grecs ;
que les vieilles ſont beaucoup plus
aimables que les jeunes ; qu'il y a
des feüilles d'arbres, qui ſe changent en oyſeaux ; que les perles deviennent fort luſtrées, quand elles
ont été avalées par des pigeons.

On croit, que les Religieux doivent
être ſans paſſion & ſans plaiſir.

Que cette fille veut de bonne foy
être Religieuſe, parce qu'elle le dit.
Elle le dit, à la verité ; mais ce
n'eſt qu'en preſence de ſa mere.

H. croit, que, puiſqu'il poſſede
beaucoup de biens, il doit prendre

beaucoup de plaifirs. Eft-il afluré, que fes biens dureront autant que fa vie ?

❧ On a crû, que le fang d'un homme tué, coule en prefence de fon meurtrier ; qu'un certain oyfeau de mediocre grandeur, a un vol fi fort & fi violent, qu'il déracine les plus gros arbres ; que l'on doit punir griévement ceux qui offenfent la dignité de la mufique ; que la perle s'engendre de la rofée du ciel ; que la Remore, tres-petit poiffon, a affez de force pour retenir un vaiffeau, & l'empêcher de continuer fa route ; que la voye lactée eft le chemin par où le Soleil a paffé autrefois ; que des arbres produifent certaines boulles, dans lefquelles on trouve de petits animaux qui chantent comme des cigales ; que ceux qui font fçavans ne doivent point entrer dans la Magiftrature.

On croit, que cet homme eft un Saint. Peut-être il le feroit, s'il ne croyoit pas trop l'être.

A. croit, qu'il n'aura plus de chagrin, si elle l'aime. Son amour sera donc different de tous les autres
amours.

F. croit qu'il ne se soucie ny de
civilité, ny de déference. A issez
pourtant avec luy, comme s'il s'en
soucioit.

☞ On a crû, que les ames de
ceux qui sont dévorez par les crocodiles, s'envolent dans le même
moment droit en Paradis ; que,
quand on met des œufs dans une
certaine grotte, on en retire toûjours un de moins, & que le diable
retient pour luy celuy qui reste ; qu'-
aux foux & aux hypocondriaques,
l'ame sort & rentre de temps en
temps dans leur corps ; qu'une plante disparoît aussi-tôt qu'un homme
la touche, ou s'en approche ; qu'un
mary doit être obligé de reconnoître pour sien un enfant, quoyqu'il
ait été absent pendant sept ans,
pourvû que sa femme prouve par

une déclaration faite au voifinage,
qu'elle a rêvé la nuit à luy pendant
ce temps-là.

On croit, qu'il combat tous les
fpectacles, parce qu'il eft perfuadé
qu'ils font veritablement tres-crimi-
nels. Croyez auffi, qu'il n'oferoit
parler autrement, & encore moins
y aller.

Que cette hiftoire, que P. racon-
te, vient d'arriver. Il impofe. C'eft
une vieille hiftoire de Plutarque,
habillée à la moderne, pour la faire mieux recevoir.

¶ On a crû, que le Soleil eft un
corps enflammé, procedant de la
mer; que c'eft une politeffe fort ga-
lante, de jetter au nez de quelqu'un des gouttes de vin, qui reftent
dans un verre qu'on vient de vui-
der; que toute l'Iliade d'Homere a
été écrite avec tant de fubtilité &
de délicateffe, qu'elle pouvoit tenir
dans l'écorce d'une noix; qu'un brochet avoit vécu plus de deux cens
cinquante ans; qu'un ruiffeau chan-

ge le fer, & les feüilles de chêne
en cuivre ; que les Georgiens sont
ainsi appellez de leur devotion à
Saint George.

On croit, que cette prude fait de
bonne foy la guerre à la conduite
des coquettes. De bonne foy ; c'est-
à-dire, volontiers. Aussi pourquoy
prennent-elles des plaisirs qui ne
sont plus de son ressort ?

Que X. ne sollicite pas cet em-
ploy, parce qu'il n'a point d'ambition. Qui vous a dit, qu'il ne sçait
pas, qu'on n'a aucune disposition à
le luy donner ?

* On a crû, qu'un bœuf étant à
la charruë, dit ces mots : *cave tibi,*
Roma, Rome, prens garde à toy ;
que la chaleur du Soleil produit les
metaux dans les entrailles de la terre ; que pour être sauvé, on doit
aller tout nud ; qu'Adam se couvrit
de feüilles ; peut-être, parce que se
voyant nud, il voulut, poussé par
une envie basse & ridicule, dépoüil-
ler même les arbres du Paradis ;

qu'on ne peut alterer la musique, sans apporter un notable changement dans l'Etat; qu'il ne faut point se mettre en danger pour sa patrie, parce que l'homme sage ne doit point hazarder sa vie pour des foux; qu'il convient fort pour le soulagement des malades, de faire de grands bruits auprés d'eux. Que le lion porte un grand respect aux Nobles.

On croit, qu'elle a autant de deüil dans le cœur, qu'il en paroît sur ses habits. Ceux qui le croyent l'ont-ils vûë dans son naturel?

Qu'on court risque de la vie, si l'on n'observe pas avec la derniere exactitude, les ordonnances de son Medecin.

Cette vieille croit passer pour jeune, avec ses parures de jeunesse.

☞ On a crû, qu'Aristote se précipita dans l'Euripe, pour n'avoir pû comprendre la cause de son flux & reflux; que e vin est fait d'eau pour-

rie ; qu'il y a un Ange blanc , defti-
né pour écrire les pechez , qu'il n'en
écrit jamais aucun , que l'homme
n'ait dormi depuis qu'il l'a commis,
afin de luy laiffer le temps de fe re-
pentir ; qu'en priant les couleuvres
qui ont mordu , & en leur faifant
des civilitez , le bleffé n'en mourra
pas ; que fi une femme pudique pui-
foit de l'eau d'un certain Fleuve ,
cette eau ne pouvoit fe mêler avec
le vin.

On croit, qu'il ne faut pas gêner
les enfans dans leur plus tendre jeu-
neffe ; parce que , dit-on , on aura
du temps de refte , pour les réduire à leur devoir.

Que le fiecle où l'on vit eft beaucoup plus mauvais , que tous ceux
qui l'ont précedé.

Que puifque ce livre eft défendu ,
on aura du plaifir à le lire ; ou du
moins que ce qu'il contient merite
qu'on faffe des efforts pour l'avoir.

☞ On a crû , que le Soleil n'a
pas plus de largeur , que le pied

d'un homme ; qu'il y a une herbe
qui déferre les animaux qui paſſent
deſſus ; que l'on ne meurt, que
quand le flot de la mer ſe retire ;
que les animaux aquatiques ſont les
plus chauds de tous ; que, ſi l'on
prend une feüille d'un certain arbre , on mourra dans l'an ; qu'une
taxe miſe ſur des eaux ſalutaires,
les fit tarir ; que Priam mourut l'un
des plus heureux Rois de ſon ſiecle ;
qu'en un païs les feüilles reverdiſ-
ſent en Hyver, & tombent en Eſté ;
que le Laurier garentit de la foudre ; que Judas eſt au nombre des
Saints ; que le Soleil a paru à mi-
nuit.

On croit, que l'on eſt un grand
homme, parce qu'on eſt monté bien
haut.

Q. croit qu'elle ſe conſervera
l'amitié de ſa ſœur, ſi elle va demeurer avec elle. Eſt-elle certaine
qu'il y aura entre elles une concor-
de d'humeurs ?

V. croit, que, puiſqu'il a le droit

de son côté, il est assuré de gagner son procés. Qu'il ne laisse pourtant pas de ne rien négliger pour soutenir ce droit.

¶ On a crû, que, pour envoyer des esclaves, des chevaux, de l'or, de l'argent, &c. à ceux qui font morts, afin qu'ils s'en servent, il n'y a qu'à peindre ces esclaves, &c. sur des papiers, & brûler ces papiers sur leurs monumens; que c'est un peché, de se servir de Medecins, n'y en ayant point d'autre que Dieu; qu'on peut produire un enfant dans une bouteille de verre, gardée sous du fumier de cheval pendant quelques jours; que l'entrée de l'Eglise doit être défenduë pendant deux ans à un homme qui épouse une seconde femme, & pendant vingt ans, s'il en épouse une troisiéme; qu'on ne devroit permettre qu'aux Courtisannes de porter des cheveux blonds.

On croit, qu'elle est veritablement devote. On suppose donc qu'on est veritablement devot , quand on ne l'eſt , que parce que la mode le veut.

X. croit que c'eſt avec injuſtice , que perſonne n'eſt content de luy. Il ne fait pas réflexion, qu'il ne travaille à contenter perſonne.

On croit que cette fille n'a po'nt de vocation pour être Religieuſe , parce que la Superieure en aſſûre. Peut-on avoir cette ſorte de vocation , quand on n'a pas deux mille écus pour la produire.

* On a cru , qu'il y a des corps qui ne font point d'ombre ; qu'un coûteau, à manche noir, piqué dans un maſt , garentit un navire de la pompe d'eau, appellée Echillon ou dragon ; qu'on peut s'ôter la vie , quand on veut ; qu'on plaira à tout le monde, ſi l'on eſt gâteau ou tarte ; qu'un Etat ne peut être bien gouverné ſans la muſique ; que l'ourſe enfante une piece de chair informe , & luy fait prendre la figure d'un ourſeau, en la léchant ; qu'une grande traînée d'étoiles qu'on remarque dans le ciel, eſt un chemin par où Saint Jacques a paſſé.

On croit, que ces grands évenemens qui étonnent & qu'on admire, partent de cauſes encore plus grandes. Cherchez les ſources de ces grands Fleuves qui roulent avec majeſté, & qui font de grands fracas dans leurs débordemens, & faites enſuite hardiment des comparaiſons

Que l'on ne peut pas ſe défaire d'un amour. Cela n'eſt vrai, que parce qu'on ne voudroit pas tout de bon l'entreprendre.

☞ On a crû, que la Lune eſt un air conɡlé en une ſphere de feu ; qu'une fontaine fait connoître les larrons, en ſe lavant les yeux de ſon eau ; qu'au commencement du monde la terre voguoit çà & là, tant pour ſa petiteſſe, que pour ſa legereté ; mais que s'étant preſſée & appeſantie par le temps, elle s'eſt arrêtée immobile ; que, ſi l'on fait ſouffrir extrémement

trémement un homme, fans qu'il fe.
plaigne , & qu'on lui dife , enfuite
toutes fortes de plaifanteries , fans
qu'il fe mette à rire , il eft veritablement digne d'être choifi pour Général d'une armée.

On croit, que ces grands hommes
tant vantez , n'ont aucune petiteffe.

H. croit, que l'on doit compter
fur les careffes. Il y en a pourtant
quelquefois , qui étouffent.

L. croit, qu'il eft refponfable de
toutes les fautes qui fe commettent.
Du moins on en peut juger ainfi ,
avoir fon avidité de cenfurer , de
critiquer , de reprendre tout le monde.

¶ On a crû , que l'eau du Havre
de Meffine devint douce un jour entier , auffi-tôt que Denis , Roy de
Sicile, eût été chaffé de fon Royaume ; que les Chartreux ne font fujets à avoir aucunes punaifes dans
leurs cellules ; que la puiffance de
deviner eft une proprieté naturelle
de l'ame ; que les montagnes fon

II. Partie.   V.

des chevilles qui empêchent la terre de se mouvoir ; que c'est faire une grande injure à une personne de rompre un pot sur sa porte ; qu'Enée trahît la ville de Troye ; qu'il est mal sain de manger les fruits fraîchement cueillis ; que les peaux de veaux marins garantissent de la foudre.

On croit, qu'il faut toûjours traiter sévérement les enfans, & les tenir dans la crainte & dans la frayeur. Oüi, si l'on ne se soucie pas de connoître leur naturel, si l'on prétend se faire regardér comme une bête farouche, & non pas comme un homme, & si l'on veut qu'ils s'accoûtument à ne faire le bien que par force.

* On a crû, que la Prêtresse de la Diane Orthie, portant en procession cette fausse divinité, sentoit qu'elle s'appesantissoit, si l'on épargnoit les enfans qu'on foüettoit, pour l'honorer ; que c'est faire honneur à une personne, de lui don-

ner à goûter ce qu'on a mâché ; que
les éléphans font la guerre aux adul-
teres ; que l'air est le principe de
l'univers ; que si l'on marche sur les
choses qui ont servi à expier les crimes, on s'attire la peine que méritent les crimes expiez ; qu'il faut
choisir pour Rois les meilleurs flus-
seurs ; qu'un homme suoit à l'ombre
& trembloit au Soleil ; que les oyes
se font mourir par opiniâtreté, en
retenant leur respiration ; qu'il y a
des neiges rouges ; que les pauvres
ne se peuvent sauver ; que nous devons haïr nos parens, à cause du
corps qu'ils nous ont donné ; qu'un
Philosophe medita pendant quatre-
vingt ans dans le ventre de sa mere ;
que l'histoire des trois cens six Fa-
biens, tuez en la bataille d'Allia,
est fausse ; qu'il importe beaucoup
de faire attention sur ce qu'on mange au commencement ou à la fin
du repas ; que, parce que le suc
d'orge adoucit l'yvoire, il doit aussi adoucir les éléphans ; qu'un hom-

me ne beuvoit jamais , & cependant urinoit ; que l'Hyenne appelle les hommes par leur nom.

On croit , qu'elle est innocente ; parce qu'elle rougit. N'est-ce point, qu'elle est honteuse d'être coupable ?

Z. croit, qu'il n'y a pas de plus heureuse ni de plus agréable condition , que celle des Comediens. Ils se divertissent & divertissent les autres, & sont bien payez pour cela ; ils font comparaison avec les plus grands Seigneurs ; les Dames les considerent , & .... en voilà assez, à moins qu'on ne veüille ajoûter, qu'ils vivent tres-unis ensemble ; qu'ils ont de l'économie, qu'ils ne s'attirent aucune disgrace par les airs qu'ils se donnent ; & qu'ils rient aussi naturellement hors du Theatre, qu'ils le font avec art, quand ils sont dessus.

On a crû, que, quand le sage étend son doigt sagement, tous les sages qui sont sur la terre, s'en ressen-

tent ; que la pierre d'aigle fait connoître le larron , parce qu'il ne peut
l'avaller , si elle est meslée avec ce
qu'il mange ; qu'on devroit chasser
Homere des Colleges à coups de
soufflets ; que les petits feux de figure
piramidale , qui paroissent sur les
navires , sont l'ame de saint Elme ;
que, quand un serpent veut se mettre dans l'eau il met son venin en un
lieu & le reprend ensuite ; qu'il y a
des fontaines qui cessent de couler ,
quand on les regarde ; que le monde est pointu , en piramide ; que la
principale partie de l'ame réside en
tout l'estomach.

On croit , que c'est avoir une vraie
constance , que de ne pas changer
de sentiment. Opiniâtreté , si l'on
n'est point soûtenu par la justice , par
la verité , par la raison.

L. croit , qu'à force de vouloir
passer pour habile , il l'est en effet.

D. croit , que l'amour est si fort ,
qu'on ne peut pas s'en défendre. Il

n'est tres-fort, que parce que D. est tres-foible.

H. croit qu'il estime cette chose ; parce qu'elle est véritablement estimable. Le desir qu'il a de la posseder, est la véritable raison de son estime.

☞ On a crû, que, pour se délivrer d'une adversité publique, il n'y a qu'à accabler un homme, de maledictions, & le jetter ensuite dans un précipice ; que, si l'on jette du bled dans la mer, on appaise la colere de Dieu ; que le souverain bien consiste dans la vengeance d'une injure faite à tort, ou dans une navigation heureuse, ou dans la grande autorité, ou dans l'amitié d'un chacun, ou dans le gain d'une bataille, ou à entendre dire des choses qui plaisent, ou à bâtir de superbes édifices, ou dans une celebre réputation aprés la mort, ou à avoir des enfans pour heritiers, ou à avoir une belle femme, ou à être éloquent,

ou à defcendre de parens illuftres,
ou dans les biens temporels, ou dans
les grands tréfors.

On croit, qu'on doit être beaucoup
aimé, parce qu'on fe montre beaucoup jaloux. Pour cela il faudroit ne
point troubler, ne point inquieter,
ne point quereller.

G. croit, qu'il n'a rien à craindre ; parce qu'il a un protecteur
puiffant ; & moi je craindrois toûjours que la puiffance ou la volonté
ne vint à manquer à ce protecteur.

M. croit, qu'à force de fréquen-
ter de grands Seigneurs, il eft de-
venu lui-même grand Seigneur. Il
n'y a que lui qui le croye.

¶On a crû, que l'or de Toulou-
fe rendoit malheureux ; qu'entre les
lettres qu'on écrit fur les cendres des
facrifices, celles que le vent n'efface
pas portent prognotics ; que le corail eft mou, étant dans l'eau ; que
c'eft faire honneur à un homme de
l'appeller, coyon ; qu'on doit choifir

pour Général d'armée , celui qui peut porter le plus pefant fardeau ; que , quand on eft extrémement vieux , on peut rajeunir ; que le cameleon ne vit que de vent ; qu'il n'y a point de mouvement dans la nature ; que le Soleil n'oferoit à caufe des furies , paffer les bornes qui lui font données ; qu'on doit faire fcrupule de manger dans de l'or & dans de l'argent.

On croit , qu'on eft fobre & temperant ; parce qu'on eft fi avare , qu'on n'ofe pas même dépenfer pour fon neceffaire.

A. croit, qu'il a beaucoup d'amis. Qu'il croye pluftôt, que beaucoup aiment fa fortune.

N. croit, qu'il doit fe rendre à ce que dit cet homme : le croiroit-il, fi celui-ci n'étoit pas grand , riche , hardi , autorifé, s'il ne parloit pas ferme & haut ?

☞ On a crû, que , pour bien marquer du refpect à une Dame , il faut lui tourner le dos quand elle
paffe

paſſe ; qu'un ruiſſeau coula du ſang pendant un jour ; qu'il y a deux corruptions , l'une par le feu tombant du Ciel , l'autre , par l'eau de la Lune ; que la vûë ſe fait par émiſſion des eſpeces & images ; qu'il y a une terre ſi féconde , qu'elle apporte du bled ſept ans de ſuite , ſans être ſemée ni labourée ; qu'on a piſ- ſé des cheveux , des pillules , des annis , des aiguilles , des os , des noyaux de prune , des champignons , de l'orge ; que la terre n'eſt pas péſante.

On croit, que cette action eſt l'effet d'une grande prudence ; pendant que c'eſt le hazard qui en a produit le ſuccez.

N. croit, qu'en répondant injures pour injures, il a raiſon ; oüi , s'il veut qu'on le croye auſſi déraiſonnable que l'autre.

M. croit, qu'il ſuffit pour ſa profeſſion, de ſçavoir bien ce qu'ont dit Hypocrate & Galien. Le malade ai-

meroit mieux qu'il fçût bien connoître fon mal & le guérir.

¶ On a crû, que les oyfeaux de-
vinent l'avenir, à caufe qu'ils s'ap-
prochent du Ciel, où eft la verité ;
que l'autruche digere le fer ; que le
cumin & le bafilic, femez avec exe-
cration deviennent beaux ; que la
neige eft noire ; que des hommes,
par leur vûë mangent le dedans des
fruits, le cœur des hommes, & font
tomber les oyfeaux ; que la plus digne action des dieux, c'eft de petu-
ner ; que le camelcon prend la couleur de toutes les chofes qui font
auprés de lui ; que la terre eft ova-
le ; que les Médecins ne doivent
point avoir la liberté de fe marier ;
que c'eft une tres-belle & tres-agréa-
ble parure, de porter des rats morts,
pendus aux oreilles par la queuë.

On croit, que Z. eft fort zelé pour
fes amis ; car il défend chaudement
leurs interêts. Fougue de tempera-
ment bilieux & emporté.

N. croit, qu'il ne voudra jamais se servir d'aucun Médecin. Il se porte fort bien, quand il croit cela.

P. croit, qu'il a trouvé juste les pensées de cet Auteur, dont il commente les ouvrages. Heureusement pour sa découverte, cet Auteur n'est pas présent, pour lui dire que non.

* On a crû, que l'air est le plus solide de tous les alimens ; que les cometes sont des étincelles voltigeantes en l'air, aprés que les plantes ont émouché leurs flammes par leur rencontre ; qu'il ne faut point boire d'eau, qu'elle n'ait boüilli, afin de faire sortir son ame par la vapeur ; qu'on ne devroit choisir pour bouchers, que les gens de qualité ; que la circonference exterieure du Ciel est de terre ; que l'on guérira du mal de dents, si l'on scarifie les gensives avec une dent d'une personne morte de mort violente ; que les Saliens Prêtres de Mars, dansoient,

X ij

nuds pieds , sur les charbons ardens.

On croit cet homme fort sincere.
Il n'en joüe le personnage , que pour
engager les autres à ne lui rien celer
de ce qu'il souhaite sçavoir.

Q. croit, que sa principale affaire,
pour se bien acquiter de son devoir
de Précepteur,c'est de parler presque
toûjours à son écolier. Il faudra donc
que dans la suite , il parle toûjours
pour lui , puisqu'il ne veut pas le mettre dans l'habitude de parler lui-
même.

⁂ On a crû qu'on est en danger d'ê-
tre tué par ses ennemis , si l'on mange le cœur de quelque animal; qu'on
doit punir,non seulement les voleurs ,
mais encore ceux qui se sont laissez
voler ; que deux enfans jumeaux ouvroient toutes sortes de serrures ,
en présentant leurs côtez ; que c'est
une beauté pour une femme d'avoir
du poil au menton & aux joües ;
qu'un homme vécut plus de cent
ans , pour avoir mangé du miel ;

qu'on peut vivre cinquante jours, sans manger.

On croit, que AA. a une véritable amitié. Ce n'est qu'une humeur naturellement carreſſante.

Que Ch. aimoit extrémement T. car il eſt fort affligé de ſa mort. Qu'on y prenne bien garde ; ſon affliction vient de ce que T. étoit ſon protecteur, ſon patron. Ch. auroit la même affliction, s'il avoit perdu un grand procez.

Vous croyez, qu'il vous a fait confidence par amitié, par eſtime ; c'eſt, je croi, par vanité, ou par néceſſité, ou par foibleſſe, ou par babil.

☞ On a crû, que le Soleil eſt une piece de fer ardent, plus grande que tout le Peloponneſe ; que l'on doit ſe couper les cheveux, quand on a fait quelque action glorieuſe ; que, pour avoir le corps plus vigoureux, il ne faut point aller au combat avant la pleine Lune.

On croit, qu'il est complaisant. On devroit croire, qu'il est flateur.

N. croit toûjours, que celui qui a parlé le dernier, a raison.

On croit, qu'il faut sçavoir de tout. Oüi, si l'on veut n'exceller en rien.

M. croit, qu'il doit passer pour avoir un courage digne d'admiration, parce qu'il brave hardiment les perils & la mort. Il faudroit encore qu'il eût la force de dompter du moins quelque petite passion.

¶ On a crû, que, si une femme mange une tête de brochet, elle n'aura point d'enfans ; qu'un arbrisseau s'engendra dans la poitrine d'un berger, & qu'il poussoit tous les ans ; que, si l'on a la foi parfaite, l'on ne mourra point ; que, quand on est déraisonnable, on a sujet d'en faire gloire ; que le Ciel est une voute, faite de pierres, & qu'il tombera un jour en ruïne ; que, si une femme grosse démeure de bout, ou assise au pied du lit d'une personne agonisante, l'enfant, dont elle est grosse, sera marqué d'une tache bleuë, au dessus du nez, appellée la biere, & ne vivra pas long-temps.

On croit, qu'on peut faire ses efforts pour être ce qu'il n'est pas necessaire qu'on soit, au lieu de s'étudier à être bien ce qu'on doit être.

B. croit, qu'on ne seroit point véritablement dévot, si l'on n'avoit des manieres dures, sévéres & farouches.

Y. croit, que les difficultez qu'on lui fait-sont insurmontables, parce qu'il ne peut les résoudre. C'est donc à dire, qu'il croit avoir en soi toute la capacité des autres.

* On a crû, que le lion, dormant au fond d'un navire, le fait submerger, si on ne l'éveille; qu'il n'y a aucune difference entre la santé & la maladie; que le Ciel étant de nature de feu, enléve des pierres par la véhémence de sa révolution, & les enflamme de telle

forte, qu'elles déviennent des aftres ;
que les enfans , nez en mer , font
muets ; qu'il n'y a qu'un fens, c'eft
le toucher ; que l'éclypfe du Soleil fe
fait, quand la bouche , par où fort
la chaleur du feu , eft fermée ; que
le tonnerre étant tombé fur une femme , fit fortir fa langue par en bas,
fars la bleffer.

On croit, qu'il eft honteux à ce
Philofophe de demeurer dans un
Palais avec un grand ; je le croirois auffi, s'il méprifoit la compagnie
des petits, & s'il ne pouvoit fe réfoudre à habiter dans une cabane.

R. croit, qu'on a voulu reconnoître fon mérite , en lui donnant
un des plus confidérables emplois
de l'Etat. N'eft-ce point pluftôt parce que, comme on connoît fon grand
âge, on a jugé qu'il ne fe tiendroit
pas long-temps dans cette place que
l'on deftine pour un autre qui n'eft
pas encore tout-à-fait en état de
l'occuper ?

On a crû , qu'un homme a

été engendré dans les nuées ; que la figure d'Alexandre le Grand rendoit heureux ceux qui la portoient ; qu'il est plus honnête de se moucher avec ses doigts, qu'avec un moucheoir ; que ce font les ames bienheureuses, qui font l'écho ; que c'est une chose horrible d'écacher des poux sous les ongles, mais qu'on fait bien mieux de les tuer avec les dents ; que le Soleil est une maniere de verre, qui recevant la réverberation du feu qui est dans tout le monde, en transmet la lumiere vers nous.

On croit, qu'en donnant un gros benefice à ce Prédicateur, il va continuer avec plus de zele que jamais, pour faire honneur à la récompense. Ayant dequoi vivre fort à son aise, il voudra peut-être se reposer.

H. croit, qu'il sera le plus content du monde dans la solitude, où il projette de se retirer. Ne souhaitera-t-il point avoir quelqu'un, à qui

il puiſſe dire, qu'il eſt le plus content du monde ?

On croit, que ce voyageur merite
des applaudiſſemens, pour avoir vû
bien des païs. Il en merite véritablement, s'il a bien vécu dans ces
païs qu'il a vûs.

Cette femme croit, qu'elle cache
bien ſon intrigue amoureuſe. Sa petite fille, ſon petit laquais s'en apper-
çoivent pourtant.

Q. croit, qu'à cauſe qu'il ne s'ennuye pas de prêcher long-temps, perſonne ne s'ennuye de l'entendre :
c'eſt donc, qu'il n'y a perſonne qui ne
dorme.

V. croit, qu'on lui ajoûte foi,
quand elle aſſure, qu'elle ne prend tant
de ſoins de ſe parer, que pour plaire à ſon mari. Pourquoi cherche-t-
elle donc à ſe montrer à tant d'autres ?

☞ On a crû, qu'il a plû des cail-
loux, de la chair, de la craye, du
ſang, du laict, des cendres, de la

laine, du bled, des grénoüilles, des
hommes, des bœufs, des lions, de
la terre, des vers velus & rouges,
des perles, des poiſſons, des flé-
ches, des beſtioles.

On croit, que plus on ſe montre-
ra ſévére, moins on paſſera pour criminel.

T. croit, qu'il n'aimera plus perſonne; parce qu'il a ſujet d'être mé-
content de ce qu'il aime. Eſt-il certain, qu'il aura toûjours ce même
ſujet, ou pluſtôt, qu'il croira l'avoir?

¶ On a crû, tout ce qu'on a dit
des tritons, des nereïdes, des naya-
des, des dryades, des amadrya-
des, des ſirenes, des ſatyres, des
faunes, des genies, des manes, le-
mures, lares, revenans, eſprits fo-
lets, farfadets, ſpectres, incubes,
ſuccubes, demoniaques, gnomes,
ſylphes, ogres, fées, ſorciers, ma-
giciens, de meluſine, du ſabbat,
des loups-garoux, des philtres, de
l'hypponiane, des horoſcopes, de
l'aſtrologie judiciaire, de la pierre

philosophale, des hommes marins, des amazonnes, de l'oyseau de paradis, des apotheoses, des évêques marins qui donnent des benedictions, des divinations, des augures, des aruspices, de la chyromance, de la physionomie, des oracles, des sibylles, de la poudre de sympathie, des talismans, du guy de chêne, des épreuves.

On croit, que l'on s'est parfaitement réconcilié. C'est-à-dire, que le feu est bien caché sous la cendre, gare l'approche des allumettes.

Que de gens qui croyent ne devoir pas craindre de montrer leurs défauts aux enfans ; parce qu'ils se persuadent que ceux-ci n'y font aucune attention !

R. croit, qu'il a parfaitement bien prêché ; la preuve ; c'est que tous ceux qui font venus à sa collation, lui en ont fait le compliment. Pourquoi seroient-ils donc venus ? seroit-ce pour lui faire insulte, en profitant de son régal ?

On croit, qu'elle n'aime point N.
& qu'elle ne l'aimera jamais ; parce
qu'elle le dédaigne ; qu'elle le reçoit toûjours avec fierté, qu'elle le
fuit, qu'elle rougit de colere, quand
elle le voit. Voilà bien de violens
mouvemens contre un homme ! pour
sçavoir si l'on croit juste ; il faut attendre qu'il ait été long-temps constant
dans sa poursuite, & qu'il lui ait cependant donné quelquefois sujet de
soupçonner qu'enfin il seroit d'humeur à porter ses vûës ailleurs.

*On a crû, que si l'on veut dissiper
ses chagrins, on n'a qu'à porter de sa
salive derriere l'oreille ; que ce fut une
pierre qui rendit Milon-Crotonitate
invincible ; que l'aspersion d'urine de
vache peut absoudre ; que les cendres
de bazilic changent véritablement
l'argent en or ; qu'il y a un lac,
qu'on voit s'agiter, se déborder,
quand on y a jetté une pierre exprés,
que cela n'arrive pas, si l'on a jetté
cette pierre, sans y penser ; qu'il parut un serpent long de deux cens

coudées & épais de quarante ; que les loups étant affamez , tournent en rond , & mangent celui qui tombe.

On croit, que cet homme est fort souple & fort soûmis. Examinons cependant , s'il n'attend rien de ceux à qui il se soûmet , ou s'il n'en craint rien.

On croit , que M. a un grand mépris pour soi-même , & qu'il est si humble qu'il se croit le plus imparfait de tous les hommes ; car il parle toûjours de ses défauts. Toutefois ne lui en parlez pas.

❧ On a crû, qu'un homme connoissoit par le seul odorat, si une fille étoit chaste, ou non ; qu'aprés que des vaches ont bû dans un ruisseau aprés un herisson, on leur trouve des herissons dans le ventre ; qu'un étourneau avoit de longues oreilles ; qu'une épingle fut trouvée dans un œuf ; qu'il y a une certaine montagne qu'il faut passer en sautant & en dansant , pour n'y être pas surpris de la fièvre ; que deux champs changerent de place, chacun prenant celle de son voisin.

On croit, que C. est genereux, à cause qu'il fait du bien à son enne-mi. C'est peut-être, pour donner plus de confusion à celui-ci, s'il con-tinue de lui vouloir du mal.

Que F. est fort desintereßé. Mais il n'est pas desintereßé sur la gloire; car il sçait combien les gens inte-reßez de profeßion, sont odieux & méprisables.

☞ On a crû, que, pour dan-ser gratieusement, il faut en dan-sant se beaucoup courber; qu'une certaine herbe, mise dans la bou-che empêche d'avoir faim; qu'un âne aimoit si fort la poësie, qu'il paroißoit comme extasié, quand on lisoit des vers devant lui; qu'une femme enceinte avorte, si elle re-garde un liévre marin; qu'il y a des anguilles longues de trois cens pieds.

On croit, qu'elle aimoit beaucoup son mari; car elle en pleure beaucoup la perte ; ses affaires son fort dérangées, elle tombe de son élévation ; cela ne mérite-t-il pas bien des larmes ?

G. croit, qu'il doit tenir compte à M. des visites qu'il en reçoit ; qu'il en tienne seulement compte à son oisiveté.

¶ On a crû, qu'une femme de soixante & huit ans fut nourrice de son petit fils ; qu'en regardant un certain cheval, le ventre se dévoyoit sur le champ ; que, si l'on se couvre de la peau d'un certain animal, on se sent pressé d'une faim qu'on ne peut rassasier ; que l'Hyenne est masle une année, & femelle une autre ; qu'il y a des chats qui ont des aîles, & qui volent comme des oiseaux ; que, si l'on porte sur soi dans un païs étranger, de la plante, appellée Lotos, on oublie sa patrie, & on ne souhaite plus y retourner.

On croit, que c'est de peur de tenter par la vanité ; que H. ne loüe personne ;

personne ; on croiroit mieux, si l'on se persuadoit, que c'est par envie, ou par orgueil, ou par misantropie.

J. croit, qu'il va se faire un grand nom, par le livre qu'il donne au public. Et peut-être n'acquerera-t-il la réputation, que d'un tres-médiocre Auteur.

* On a crû, que des os peuvent être changez en fer ; que l'éléphant est extrémement effrayé par un rat ; qu'une jument fit une mule pleine d'une autre mule ; qu'il y a eû des gens qui n'ont jamais craché ; que, si les chevaux marchent sur la piste du loup, leurs pieds s'engourdissent ; qu'un homme voyagea par toute la terre, monté sur une vache ; qu'on ne marque point mieux le respect qu'on porte à un Prince, qu'en dansant & sautant en sa présence ; que les plus belles têtes, sont celles qui sont les plus plattes ; qu'un œuf couvis, où il y a un poulet, est un mets excellent ; qu'un homme attrapoit

II. Partie. Y

les liévres à la course.

On croit, que L. est clement ; qu'-
on dise pluſtôt, qu'il est foible, pa-
reſſeux , ou qu'il se rend à l'impor-
tunité.

Que P. est humble ; en ce qu'il
prend toûjours la derniere place ;
ſi on le prévenoit pour la lui donner,
la recevroit-il volontiers ?

Que c'est pour la convertir , qu'il
la voit ſi ſouvent. Je crains qu'elle
ne le pervertiſſe ; quelle ingratitude,
ſi cela arrivoit ! S'en plaindroit-il ?

☞ On a crû, qu'il y a une herbe, dont la liqueur étant froide ,
fait haïr par celui qu'on touche , &
fait aimer , ſi elle est chaude ; que
des peuples connoiſſent les chemins,
en flairant ſeulement le terrain ; qu'-
une ceinture , faite de la peau d'un
veau marin, ſe relâche & s'applatit,
quand la mer est baſſe ; qu'il y a
un poiſſon qui ſe dévore ſoi-même ;
que ſi l'on contemple des choſes ſuſ-
penduës , on perd la memoire ; qu'-
en heurtant à la porte d'une cham-

bre, on peut connoître par le bruit qu'on a fait en heurtant, combien il y a de perſonnes dans cette chambre.

On croit, qu'en diſant du mal de quelqu'un, on prouve qu'on ne donne pas ſujet d'en dire autant de ſoi ; eſt-ce que l'envie de médire eſt capable de faire ce raiſonnement ?

K. croit, qu'on s'imagine, qu'elle ne veut point qu'on l'aime. Pour moi, je ne me l'imagine pas ; car elle prend trop de ſoins, pour plaire.

¶ On a crû, que les cigognes n'aiment que les Etats Républicains ; qu'un animal, par ſa maniere d'uriner, a fait imaginer la diviſion du temps en heures ; que porter les ongles fort longs, eſt une veritable marque de nobleſſe ; que des cheveux, coupez fort menu & meſlez avec du miel, font un délicieux manger ; qu'il ſe trouve une pierre, qui va ſur l'eau, étant entiere, mais qui enfonce, ſi on la met en pieces ; qu'une famille eſt venuë d'une fille

& d'un Triton ; qu'un homme fut tué d'un coup de foudre , le temps étant fort ſerain ?

On croit , que N. eſt fort obligeant. Il ne le ſeroit pas , ſi on lui oſtoit la liberté de dire le bien qu'il fait.

O. croit , qu'elle paroît jeune & belle ; parce qu'elle prend toûjours des meſures , pour ſe trouver en la compagnie des plus vieilles & des plus laides. Quelques meſures qu'elle prenne , on ſçait bien à quoi s'en tenir.

* On a crû , qu'un âne ſauvage peut faire cent lieuës en un jour & une nuit ; que l'aigle tuë ceux de ſes pouſſins, qui ne veulent ni prendre des mouches ni regarder le Soleil ; qu'il y a des poules qui ont de la laine , au lieu de plumes ; qu'un certain fruit , pour être agréable , doit être cueilli avec la bouche que des peuples ont les oreilles ſi grandes , qu'elles pendent juſques à terre.

On croit, qu'on est aimé pour soi-même.

P. croit, qu'il a trop d'affaires ; il est bien plus vray , qu'il a trop de délicatesse.

Q. croit, qu'il est fort loüable , pour avoir pardonné à son ennemi ; n'a-t-il pas cherché en cela la gloire ? n'avoit-il pas sujet de le craindre ?

❧ On a crû, qu'on peut faire lire dans la Lune , ce qu'on aura écrit sur un miroir convexe ; qu'un aveugle discernoit par le toucher, toutes sortes de bois & de couleurs ; qu'il est mal-honnête de toucher des lévres le vaisseau où l'on boit ; qu'il s'est vû sur des aisles de sauterelles des mots Chaldéens qui signifioient ceux-ci, *fléau de Dieu* ; que les poux font perdre la mémoire ; qu'on mérite la mort, quand on prononce le nom de son Prince ; qu'une branche d'olivier sauvage adoucit le taureau le plus furieux ; qu'une lamproye meurt, si on la fra-

pe avec une verge, mais non pas,
si on la frape avec un bâton; qu'on
a veu des hommes couverts de duvet & de plumage.

On croit, qu'il faut que les enfans
ne fréquentent que les enfans.

On croit, que c'est seulement par
justice, que S. punit. Seroit-il aussi
exact justicier, si un autre que lui
avoit été offensé par celui qu'il punit ?

V. croit, que les civilitez qu'on
lui fait, sont sinceres. Pourquoi le
seroient-elles plus que celles qu'il
fait ?

☞ On a crû, que c'est une belle
parure, que d'avoir frotté les mains,
le visage & la tête, avec la suye d'un
chaudron; qu'un mouton châtré
fait fuir tous les rats du païs; que,
quand la Lune est pleine, l'ombre
de l'Hyenne rend les chiens muets
& sans mouvement; qu'il y a des
poissons terrestres; que des peuples
ont la langue fenduë, de sorte qu'ils
parlent en même temps à differentes

personnes ; que les branches de myr‑
the ou de peuplier , tenuës dans la
main , ou les nerfs des cuiſſes & des
aiſles de gruës , garentiſſent de laſſi‑
tude & de toutes ſortes d'incommo‑
ditez , les voyageurs.

On croit , que cette femme eſt ſen‑
ſiblement touchée de la perte de
ſon amant ; car elle ne peut tarir
ſes larmes. Elle veut prouver , qu'il
l'aimoit , & par conſequent , qu'elle
eſt aimable.

Cette femme croit , que ce n'eſt
que de l'amitié qu'il a pour elle ;
parce qu'il veut d'abord le lui faire
croire. Dans la ſuite , il ne voudra
plus qu'elle le croye.

☞ On a crû , que des Negres
diſtinguoient par leur odorat , les
veſtiges d'un Negre & d'un Fran‑
çois ; qu'il y a eu des gens qui n'ont
jamais rien oublié de ce qu'ils a‑
voient vû , lû , & entendu dire , que
c'eſt un crime digne d'être puni
par la perte de la vie , de tirer avec
un coûteau , la chair du pot , pen‑

dant qu'il boule ; que , pour ne point mourir de la piqueure d'un certain ſerpent , il faut courir vers une montagne , & y arriver avant ce ſerpent ; qu'il y a des poiſſons de cent coudées de long, & larges de trente.

¶ *On croit* , que cet homme eſt une bête ; la preuve , c'eſt qu'il eſt mal-habillé , & qu'il n'a point les manieres polies. S'il parle, il fera honte à ceux qui ſont plus polis & mieux habillez que luy.

X. croit , qu'à cauſe que ſes richeſſes engagent les Grands à le bien recevoir, il eſt grand luy-même.

* On a crû , qu'entre les perroquets, les femelles ont ſoin de placer leurs mâles à leur droite, pour leur marquer le reſpect qu'elles ont pour eux ; qu'il y a un poiſſon dont la preſence excite les querelles, juſqu'à ce qu'on en ait mangé ; que tous les vautours ſont femelles , & engroſſiſſent de vent ; que c'eſt une

beauté

beauté que de porter des cheveux bien engraiſſez, & poudrez de duvet.

On croit, que, parce que l'évenement n'a pas été favorable à une entrepriſe, l'entrepreneur a entrepris mal-à-propos, ou s'eſt mal conduit dans ſes démarches.

Cette femme croit, qu'elle a droit d'inſulter à la fragilité & à la foibleſſe, parce qu'elle ne tombe pas dans ces crimes groſſiers, dont le qu'en dira-t-on la garentit.

❀ On a crû, que des ſangliers ſe multiplient par eux-mêmes; qu'il s'eſt vû un arbre qui pouvoit mettre à couvert quatre mille hommes; qu'il y a des poiſſons qui paiſſent l'herbe; que les Elephans s'inclinent du côté du ſoleil levant, comme pour l'adorer; que ſi l'on mange des pommes aigres, ou ſi l'on marche entre des troupeaux de chameaux, on perdra la memoire; que c'eſt une magnificence pour un

I I. Partie.   Z

appartement, d'y mettre beaucoup de cornes.

On croit, qu'on eſt dans l'impuiſſance d'être charitable ; la raiſon, c'eſt qu'on a beaucoup d'ambition, & qu'il faut beaucoup de bien, pour ſatisfaire à ce qu'elle exige.

M. croit, qu'il doit traiter O, comme ſon ennemy ; parce qu'il (M) luy a donné ſujet de l'être.

☞ On a crû, que le Roytelet fait peur à l'aigle & la chaſſe ; qu'il y a des poules qui ont du poil, au lieu de plumes ; qu'un homme fut conſtipé pendant trois ans, ſans en être incommodé, & cependant, il ne laiſſoit pas de manger ; qu'une ville a cette extraordinaire proprieté, c'eſt qu'auſſi-tôt qu'on y eſt entré, on ſe ſent penetré d'affection pour la muſique ; que des peuples ont la levre d'en bas, longue d'une aulne ; qu'une fille accoucha huit jours aprés ſa naiſſance, d'une autre fille en vie ; que des oyſeaux ſont fort gras, quoyqu'ils ne vivent que de grains de fable.

On croit, & apparemment on croira toûjours, qu'on va enfin trouver la pierre philofophale.

B. croit, que N. employera tout fon credit pour luy, auffi-tôt que quelqu'un aura commencé la follicitation. Ce commencement eſt le grelot que perſonne n'oſe attacher. N. le fçait bien.

Que K. eſt tres-fçavant. Il eſt feulement habile à bien faire valoir le peu qu'il fçait.

☞ On a crû, que, fi l'on dit à l'oreille d'un âne, qu'on a été mordu d'un fcorpion, le mal paſſe auffi-tôt ; qu'un homme accoucha par la cuiſſe d'un enfant bien formé ; qu'un Elephant fçavoit écrire ; que pendant une éclypfe, il fe fit en relief l'image du Soleil fur la coque d'un œuf ; qu'il ne fe trouve qu'une perle en chaque huiſtre ; que les perles font molles dans la mer ; qu'

Z ij

elles s'amaigriſſent & qu'elles avor-
tent, quand il tonne.

On croit, quand on eſt Superieur,
qu'on raiſonne toûjours mieux que
ſes Inferieurs.

Elle croit, qu'on ſe perſuade qu'-
elle n'aime & qu'elle n'aimera jamais cet homme, dont elle ſouffre
les aſſiduitez. Que veut-elle donc
faire de luy ? comme on ne le peut
à preſent deviner, on croira un
myſtere d'amour, juſqu'à ce qu'on
ait connu un autre myſtere.

¶ On a crû, que, ſi l'on donne
un coup de roſeau à un ſerpent, on
le tuë ; mais qu'un autre coup le
reſſucite ; qu'une verge de fer, trouvée dans un arbre, empêche qu'on
ne ſoit bleſſé par le fer ; que le ſang
du bouc chaud, met le diamant en
pieces ; & que celuy-cy reſiſte au
marteau ; qu'il y a des vers qui ont
deux bras, longs de ſix coudées, &
ſi forts, qu'ils entraînent dans l'eau
des Elephans & les dévorent ; que
c'eſt une civilité dans un feſtin, de

jetter fur les habits des affiftans,
ce qui refte dans le verre où l'on
a bû.

On croit, que T. a parfaitement
bien prêché. Il eft vray, qu'il a
fait de fideles portraits des défauts
des hommes ; mais a-t-il donné
des moyens pour détruire ces défauts ? peintres que la plûpart de
nos Prédicateurs, qui fongent bien
plus à reprefenter ingenieufement
& pathetiquement des laideurs ,
qu'à apprendre à ceux qui font
laids, ce qu'il faut faire pour s'em-
bellir.

. * On a crû , qu'il falloit adorer
& reconnoître pour Dieu, les hommes les plus vieux, le vin, les quatre élemens, tout ce qui fe prefente
la nuit en fonge ; les ames de ceux
qui font morts, faute de nourriture, les parties que la pudeur défend de nommer ; le feu, une dent
de Singe, les bœufs, les grillons,
une peau d'ours, l'eau, les vents,
l'impudence , des ftatuës de boucs

Z iij

noirs, des figures de grands ſerpens, certains eſclaves, les plus
grands arbres, les rats, les cieux,
les aſtres, les fleuves, les colom-
bes, un cheval de paille, des an-
neaux de paille, un Eléphant blanc,
les ſerpens, une tête d'Eléphant, de
bois ou de pierre, les crocodiles,
les feves, les fontaines, les puits,
la bouſſolle, les épaules.

On croit, que c'eſt par amour &
par zele pour la ſageſſe, que cette
femme fait beaucoup d'attention
ſur la conduite de ſa fille. Cette
fille eſt fort aimable ; ſa mere veut
encore être aimée ; voila ce qui in-
ſpire cette grande attention.

H. croit que ſa réprimende a fait
plaiſir, parce qu'on l'a reçuë volontiers & ſans en marquer aucun
chagrin. C'eſt que celle qui a reçu
cette réprimende a beaucoup plus
de diſcretion, que celle qui l'a faite.

& On a crû tout ce qui ſe trouve dans les livres d'Agrippa, de

Bodin, de Delancre, de Wier, de
Boquet, de Campanella, de Del-
trio, de Zoroaftre, de le Normant,
d'Apollonius de Thiane, d'Apulée,
de Cardan, de Gaffarel, de Mizauld,
de Majol, de Flud, d'Indagine,
de Taifnier, de Trithéme, d'Arte-
midore, de Belot, de Rhomphile,
de Paracelfe, de Baptifte Porta, de
Noftradamus; tout ce qu'on lit dans
la clavicule, dans le grimoire; tout
ce qu'on a dit du Docteur Faufte,
de Loudun, de gabalis; tout ce que
croyoit M. Oufle; enfin tout ce
que rapportent Mital, les Voyageurs,
les Naturaliftes, les Hiftoriens, &

Quid quid Græcia mendax
Audet in hiftoria.

On croit, qu'à caufe que G. admire peu, il fçait beaucoup. Il ne fçait
feulement, qu'admirer peu, & prétend s'en faire honneur.

M. croit, qu'il n'y a rien de plus
beau, que de prêcher doctement,
dire des veritez fublimes & s'élever
bien haut; oüy, fi un Prédicateur

ne doit pas se soucier que ses Auditeurs le suivent.

O. croit qu'il est fort glorieux pour luy, de pouvoir se vanter d'avoir été six heures à table, & d'y avoir vuidé pour sa part, huit bouteilles de vin.

Les vieillards croyent, qu'on leur doit tenir compte de tout ce qu'ils disent & de tout ce qu'ils font, comme d'autant de discours & d'actes de sagesse.

X. croit, que cette Dame n'a aucune imperfection. C'est qu'il juge bien plus par l'impression qu'elle a faite sur son cœur, que par aucun raisonnement de son esprit.

Z. croit, qu'on ne doit rien croire. Hé bien ne croyons pas même qu'il soit au monde; s'il n'y est point en effet, on ne le regretera pas pourson opinion.

Fin de la seconde Partie.

APPROBATION.

J'Ay lû par ordre de Monsei-
gneur le Chancelier, un Manuf-
crit intitulé, *les Coudées Franches*, &
j'ai crû que l'impreffion en pouvoit
être permife. Fait à Paris ce 10.
Mars 1712.

Signé, DANCHET.

PRIVILEGE DU ROY.

LOUIS PAR LA GRACE DE DIEU, Roy de France & de Navarre : A nos amez & feaux Conseillers les Gens tenans nos Cours de Parlement, Maîtres des Requêtes ordinaires de notre Hôtel, Grand Conseil, Prevôt de Paris, Baillifs, Senechaux, leurs Lieutenans Civils, & autres nos Justiciers qu'il appartiendra, SALUT. Notre bien amé le Sieur *** Nous ayant fait remontrer qu'il désireroit donner au Public *les Coudées Franches,* s'il Nous plaisoit lui accorder nos Lettres de Privileges sur ce necessaires ; Nous avons permis & permettons par ces Presentes audit Sieur *** de faire imprimer ledit Livre, en telle forme, marge, caractere, & autant de fois que bon lui semblera, & de le faire vendre, & débiter par tout notre Royaume, pendant le tems de quatre années consecutives, à compter du jour de la date desdites Presentes. Faisons défenses à toutes personnes, de quelque qualité & condition qu'elles soient, d'en introduire d'Impression étrangere dans aucun lieu de notre obéïssance ; & à tous Imprimeurs, Libraires & autres d'imprimer faire imprimer, vendre, faire vendre, débiter ny contrefaire ledit Livre, en tout ny en partie, sans la permission expresse & par écrit dudit Sr Exposant, ou de ceux qui auront droit de luy ; à peine de confiscation des Exemplaires contrefaits, de quinze cens livres d'amende contre chacun des contrevenans, dont un tiers à Nous, un tiers à l'Hôtel-Dieu de Paris, l'autre tiers audit Sr Exposant, & de tous dépens, dommages & interêts ; à la charge que ces Presentes seront enregistrées tout au long sur le Registre de la Communauté des Imprimeurs & Libraires de Paris,

& ce dans trois mois de la datte d'icelles ; que l'impreſſion dudit Livre ſera faite dans notre Royaume & non ailleurs , en bon papier & en beaux caractères, conformément aux Reglemens de la Librairie ; & qu'avant que de l'expoſer en vente , il en ſera mis deux Exemplaires dans notre Bibliotheque publique , un dans celle de notre Château du Louvre , & un dans celle de notre tres-cher & feal Chevalier Chancelier de France le Sieur Phelypeaux Comte de Pontchartrain , Commandeur de nos ordres ; le tout à peine de nullité des Preſentes , du contenu deſquelles vous mandons & enjoignons de faire joüir l'Expoſant ou ſes ayans cauſe , pleinement & paiſiblement , ſans ſouffrir qu'il leur ſoit fait aucun trouble ou empêchement. Voulons que la copie deſdites Preſentes qui ſera imprimée au commencement ou à la fin dudit Livre, ſoit tenuë pour duëment ſignifiée ; & qu'aux copies collationnées par l'un de nos amez & feaux Conſeillers & Secretaires , foi ſoit ajoûtée comme à l'Original. Commandons au premier notre Huiſſier ou ſergent , de faire pour l'execution d'icelles , tous actes requis & neceſſaires , ſans demander autre permiſſion , & nonobſtant clameur de Haro , Charte Normande & lettres à ce contraires. C A R tel eſt notre plaiſir. D O N N E' à Paris le trentiéme jour du mois d'Avril l'an de grace mil ſept cent douze , & de notre Regne le ſoixante-neuviéme. Par le Roy en ſon Conſeil , D E S. H I L A I R E.

Regiſtré ſur le Regiſtre N°. 468. de la Communauté des Libraires & Imprimeurs de Paris, page 446. N°. 413. conformément aux Reglemens, & notamment à l'Arreſt du 13. Aouſt 1703. Fait à Paris le 14. May 1712.

Signé , J O S S E, Syndic.

Fautes à corriger.

PAge 40. ligne 13. *premit*, lisez , *premit.*

p. 44. l. 15. des , *lisez* , de.

p. 45. l. 11. qu'il ; *lisez* , qui.

p. 55. l. 3. proagnostic , *lisez* , prognostic.

p. 69. l. 20. *lunges* , *lisez* , *longes.*

p. 104. l. penult. araignee , *lisez* , araigne.

p. 174. l. antepenult. toûjours, *ajoûtez* , le.

LIVRES NOUVEAUX.

Qui se vendent en la même Boutique.

LEs Coudées Franches, volume in douze.

Gomgam, ou l'homme prodigieux transporté dans l'air, sur la terre & sous les eaux, avec le Monde risible contenu dans sa Bibliotèque comique, livre veritablement nouveau, Titetutefnofy, *Seconde Edition*, augmentée du dénouëment de l'histoire du Docteur Dirto, de ses Sentences & Jugemens, de ses bons mots, & d'une maniere extraordinaire, inventée pour punir un Satyrique, avec la figure qui en represente l'execution ; deux volumes in douze ; ornez de plusieurs figures en taille douce.

L'histoire des imaginations extravagantes de Monsieur Oufle, causées par la lecture des livres qui traitent de la Magie, des Sorciers, des Fantômes, des Superstitions, &c. Deux volumes in douze ; ornez de nottes & de figures.

Les Belles Grecques, ou l'Histoire des plus Fameuses Courtisannes de la Grèce, & Dialogues nouveaux des Galantes Modernes, volume in douze, avec figures.

La Pompe Dauphine, ou Nouvelle Relation du Temple de Memoire & des

Fautes à corriger.

PAge 40. ligne 15. *premit*, lifez, *premit*.

p. 44 l. 15. des, lifez, de.

p. 45. l. 11. qu'il; lifez, qui.

p. 55. l. 3. proagnoftic, lifez, prognoftic.

p. 69 l. 20. *lunges*, lifez, *lenges*.

p. 104. l. penult. araignée, lifez, araigne.

p. 174. l. antepenult, toûjou, *ajoûtez*, fe.

LEs Coudées Franches, volume in douze.
Gomgam, ou l'homme prodigieux transporté dans l'air, sur la terre & sous les eaux, avec le Monde risible contenu dans sa Biblioteque comique, livre veritablement nouveau, Titetutefnofy, *Seconde Edition*, augmentée du dénouëment de l'histoire du Docteur Dirto, de ses Sentences & Jugemens, de ses bons mots, & d'une maniere extraordinaire, inventée pour punir un Satyrique, avec la figure qui en represente l'execution ; deux volumes in douze ; ornez de plusieurs figures en taille douce.

L'histoire des imaginations extravagantes de Monsieur Oufle, causées par la lecture des livres qui traitent de la Magie, des Sorciers, des Fantômes, des Superstitions, &c. Deux volumes in douze ; ornez de nottes & de figures.

Les Belles Grecques, ou l'Histoire des plus Fameuses Courtisannes de la Grèce, & Dialogues nouveaux des Galantes Modernes, volume in douze, avec figures.

La Pompe Dauphine, ou Nouvelle Relation du Temple de Memoire & des

Champs Elifées, Ouvrage Allegorique, à la gloire de Feu Monfeigneur le Dauphin, petit volume in douze.

Poiffon Comedien aux Champs Elifées, où l'on voit les Orateurs repréfenter une Comedie intitulée *Mifogine*, ou la Comedie fans femme, par Monfieur de C. volume in douze.

La Sageffe des Petites Maifons, ou le Mélange Plaifant de la Folie & du bon fens, nouvelle brochure, in douze.

Les Entretiens férieux & Comiques des Cheminées de Paris, nouvelle brochure in douze.

Livres qui font fous la Preffe.

Les Devoirs Generaux de tous les Domeftiques, de l'un & de l'autre Sexe, envers Dieu & envers leurs Maîtres, avec les caracteres des Vertus & des Vices de leur état, petit volume in douze. On le donnera inceffamment.

L'utilité du Pouvoir Monarchique, & les Epîtres d'Ifocrate & de Phalaris fur le Gouvernement, avec le modele des Miniftres. volume in douze

On y trouve auffi tous les Livres anciens & nouveaux ; ainfi que tous les Edits, Declarations, Ordonnances, Lettres Patentes, Arrefts, Reglemens generaux & particuliers, fur toutes fortes de matieres.